엄마는 엄마대로
행복했으면 좋겠어

엄마는 엄마대로

행복했으면 좋겠어

지은 심 에세이

홍익출판미디어그룹

Part 3

틈만 나면 몰래 옷 입고 나가는 동생을 둔 언니 편

Part 4

우리 집 유일한 20대 막내 편

Part 5

MBTI가 모두 다른 가족 편

프롤로그

얼마 전, 제 출생의 비밀에 대해서 알게 되었습니다. 엄마 배에 있었을 때 의사가 아들로 착각하지 않으면 제가 이 세상에 없을 뻔했다는 겁니다. 남아선호사상이 절정으로 치닫던 90년대가 다소 충격적으로 와닿았던 출생의 비밀이었습니다. 그동안 아빠가 말 안 듣는 저를 보며 아들 타령했던 게 어렴풋이 떠올랐습니다.

- 네가 아들이었어 봐. 이렇게 말로는 안 끝났지. 내가 쥐어 잡았어!

이 집에 아들이 없음에 없는 아들은 감사히 생각해야 할 겁니다. 아빠는 자식들이 아들이었으면 말을 잘 들었을 거라 믿고 있습니다. 글쎄요, 아들이라고 크게 다를 게 있었을까요? 가부장적인 아빠치고는 세 자매 모두 하나같이 기가 셉니다. 제 기억에도 아빠 말에 '예스'라고 시원하게 말했던 날이 잘 없네요. 그럴수록 집에는 바람 잘 날이 없었습니다. 엄마가 중재하기 위해 나설 때, 이상하게 기분이 더 상했습니다.

- 아빠가 지금까지 이렇게 살았는데 갑자기 어떻게 바꾸니? 가족이니깐 네가 이해를 해줘야지.

불난 집에 기름을 부은 격입니다. 나만 가족인가? 엄마, 아빠도 가족인데 왜 나만 이해를 해줘야 하는지 알 수 없습니다. 가족이 도대체 뭐길래 이렇게 싫은 부분까지도 안고 살아야 하는지 나이가 들수록 의문이었습니다.

답을 찾기 위해서가 아닌 우선 회피를 목적으로 조금 떨어져 살아보기로 했습니다. 본가와 넘어지면 코 닿는 거리에서 자취를 시작한 지, 3년이 다 되어갑니다. 숨만 쉬어도 나가는 돈이 무서웠던 초반과는 달리 지금은 돈이 없어도 자취를 절대 포기하지 않겠다고 결심했습니다. 누군가와 같이 산다는 건, 참 어렵고 그게 가족이라도 마찬가지입니다. 가치관, 대화방식, 중요하게 생각하는 요소가 다를수록 가까이하는 게 어렵습니다. 서로가 다름을 인정하는 방법을 몰랐던 거겠죠. 자취하니, 부모님은 몰라도 저는 그 방법을 알게 되었습니다. 원하는 대로 부모님을 바꾸려 하지 않고 그대로를 바라볼 수 있는 여유가 생기더라고요. 여유가 생기니 잔소리보다는 응원하게 됩니다.

처음에 엄마, 아빠에게 거리를 두는 제가 이질감이 들었습니다. 텔레비전에는 오순도순한 가족이 정답인 것처럼 나오니 제가 다른 게 아니라 틀렸다고 착각했습니다. 근데 생각보다 제 주위에는 가족이 마냥 편하지 않은 친구들이 꽤 많더군요. 이 책은 좁게는 가까이하기엔 먼 가족이 고민인 사람들을 위한 책이자 넓게는 가족의 다양화에 대해서 말합니다. 가족을 대하는 방식은 정답이 정해져 있지 않습니다. 친밀감에 대한 강박감을 버리면 그동안 강박감에 가려졌던 부분까지 볼 수 있는 여유가 생길 겁니다.

무엇보다 제 엄마 김인희 씨, 아빠 이성근 씨가 이 책을 읽고 혹여나 서운해하지 않을까 걱정이 됩니다. 밑바탕은 늘 엄마, 아빠를 사랑하고 있음을 잊지 마세요. 연락은 지금처럼 잘 안 되겠지만 엄마, 아빠에 대한 행복을 응원하는 마음은 늘 진심이랍니다. 나만 내버려 두고 시집가버린 언니들도 쉽지 않은 처제를 둔 형부들도 말로 선물을 자주 퉁친 막내 이모를 둔 조카 또또에게도 책 쓰는데 많은 의견을 제공해 줘서 고맙고, 존중합니다.

우유부단한 작가를 만나 고생이 많은 출판사에게도 감사드립니다. 덕분에 '출간'이라는 값지고 또 했으면 좋겠는 그런 경험을 하게 되었습니다.

자, 그럼 이제 제 가족을 만나러 가보시죠! 레츠 기릿-!

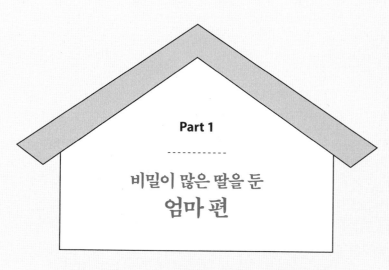

Part 1

- - - - - - - - - - - -

비밀이 많은 딸을 둔
엄마 편

살림
전쟁

- 배신자.

　엄마를 자취방에 처음 초대했을 때, 엄마가 한 말이다. 집 안을 훑어보는 눈빛에서 너도 이렇게 깨끗하게 살 줄 알았냐며 신기해하는 마음과 왜 집에서는 이렇게 살지 않았냐고 따져 묻는 서운함을 동시에 읽을 수 있었다.

　나는 더러운 딸이었다. 학교 다녀오면 손을 씻지 않는 건 당연하고 외출복을 입고 침대에 올라가는 것도 모자라 벗어둔 옷을 정리하기 귀

찾아서 한쪽 구석에 그대로 쌓아두는 스타일이었다. 방송국에 다녔을 때, 먹고 자고 싸는 거 말고는 아무것도 하기 싫어 이런 추한 능력치가 하늘을 찔렀다.

서울에서 같이 살았던 작은언니는 부모님이 걱정한다는 명목으로 내가 방송국을 퇴사하자마자 본가로 바로 내려보냈다. 조금 지난 후에 들을 수 있었지만 작은언니가 동생이 너무 더러워서 같이 못 살겠다며 엄마에게 전화로 애원했다고 한다. 가족들에게 내 이미지는 그렇다. 그래서 내가 처음 자취할 거라 통보했을 때, 엄마는 경제, 치안 쪽 걱정보다는 살림 걱정을 더 많이 했다.

27살 어른에게 하는 조언치고는 아주 기본적인 부분이었다. 외출 후에는 손부터 씻고 옷을 바닥에 쌓아두지 말고 벗는 대로 바로 옷장 옷걸이에 걸어서 둬야 하고 밥은 시켜 먹든 말든 일단 다 먹었으면 바로 치워야 집에 냄새가 나지 않는다든지……. 초등학교 1학년 슬기로운 생활 수업에서나 배울 법한 생활상식을 여러 번 듣고 또 들었다.

이사하고 한 달 뒤에 부모님을 처음으로 자취방에 초대했다. 엘리베이터 문이 열리고 엄마가 내렸다. 돼지우리가 된 내 방을 벌써 상상하며 잔뜩 걱정된 표정과, 반대로 내 방이 얼마나 엉

망진창일지 살짝 기대되는 표정이 오묘하게 섞인 엄마의 얼굴을 보았다. 엘리베이터에서 집 앞 문까지 20초 남짓 되는 사이에 엄마는 20여 가지의 우려 사항을 늘어놓았다.

드디어 문이 열리고 머리카락 하나 없이 깨끗한 바닥과, 물건들이 칼같이 정돈된 집 안을 보자마자 엄마는 반자동으로 배신자라고 말했다.

집에서 뒷손 없기로 제일이었던 배신자는 엄마와 집안일로 싸우는 날이 잦았다. 엄마는 깔끔한 사람과 더러운 사람의 갈등이라 생각했겠지만, 내 입장에서는 성격이 급한 사람과 덜 급한 사람의 갈등이었다. 방에서 쉬다가 이제 청소기를 슬슬 돌려야겠다는 결심과 함께 청소기를 잡으면 엄마는 어떻게 알았는지 방문을 벌컥 열고 들어와 공격했다.

- 청소기 안 돌려? 바닥에 머리카락 봐라. 이게 아가씨 방이냐? 아저씨 방이라 해도 믿겠다. 제발 꾸물거리지 말고 빨리 좀 하자.
- 알아서 할게.

엄마의 한마디에 내 안의 청개구리 DNA가 시동이 걸리면서 김이 쫙 빠짐과 동시에 청소기를 도로 넣고 침대에 다시 벌러덩 누워버린다. 막내딸이 말을 듣나 안 듣나 귀를 쫑긋 세운 엄마는 아무리 기다려도 청소기 소리가 나지 않자 방문을 다시 벌컥 연다. 그렇게 2차 대전이 시작된다. 하루 종일 주어 없는 아우성이 집 안을 폭격기로 쏘아대듯 날아다닌다.

- 사람들이 딸만 있다고 하면 다 좋다 그러지! 저렇게 말 안 듣는 딸내미 있는 건 모르고……. 저런 딸은 없는 것만 못해!
- 내가 나가서 살든가 해야지! 집에서 좀 쉬려면 쉬는 것 같지도 않아서 어디 살겠어?
- 돈 있으면 나가!

퇴근하고 자취방으로 돌아와 밥 차려 먹고 설거지하고 빨래하고 청소기 돌리고 씻고 누우면 저녁 10시가 된다. 침대에 신음 소리를 내며 누울 때면 엄마가 왜 그렇게 집안일에 날을 세웠는지를 생각한다. 1인 가구도 이렇게 힘든데 5명의 살림을 어떻게 일도 하면서 했을까?

아빠가 엄마의 노동을 당연히 여기듯 엄마 스스로도 당연한 자신만의 책임처럼 여겼다. 아빠는 소파에서 미동도 하지 않고 입으로 눈에 보이는 모든 살림의 문제를 지적했다. 그러면 엄마는 당연히 자신의 몫인 것처럼 묵묵히 살림을 정리했다.

내가 미워도 귀여울 나이에는 아빠의 바짓가랑이라도 잡고 부엌으로 끌고 가면, 아빠는 그런 내가 귀여워 못 이기는 척 수세미라도 들었다. 반항기 가득한 사춘기가 지나가고 있을 무렵 내 귀여움은 효력을 잃었다. 다 먹은 밥그릇이라도 치우라고 하니 아빠는 남자가 부엌 문지방을 넘으면 소중이가 떨어진다며 근처도 오지 않았다. 사춘기였던 나는 '소중이'라는 단어에 두 귀를 의심하며 아빠 살림시키기 프로젝트를 포기하려 했다. 그때쯤 TV 프로그램 〈스펀지〉에서 남편들의 살림을 주제로 다룬 적이 있었다. 모든 와이프들이 궁금해할 질문이었다.

'집에서 손 하나 까딱 않는 남편에게 할 일과 □□□을 미리 말하면 변화시킬 수 있다.'

그때, 다시 보기 기능이 있었다면 빨리감기로 얼른 정답을 보고 싶었다. 눈 하나 깜빡이지 않고 기다린 정답은 바로 '마감 시간'이었다. 〈스펀지〉답게 한 부부를 대상으로 실험카메라가 시작되었다. 소파와 일심동체인 남편이 우리 아빠 말고도 많다는 점에 한 번 놀랐고 아내가 정해준 시간이 다가오자 남편들이 스스로 움직이기 시작한 장면에서 두 번 놀랐다.

쓰레기를 버리고 올 동안 청소기 좀 돌리라는 갑작스러운 요청에 어쩔 줄 몰라 하다가 아내가 돌아올 즈음이 되자 자연스럽게 청소기를 들었다. 이 경이로운 광경을 엄마에게 달려가 말하자 엄마도 곧바로 실행에 옮겼다.

- 막내랑 장 보러 다녀올게. 갔다 올 동안 청소기 좀 돌려줘.

실험카메라에서 당황해하는 남편들과는 달리 아빠는 귓등으로 들었다는 듯이, TV에 시선을 고정한 채로 들은 척도 안 했다. 그래도 우리는 일말의 기대를 안고 장을 보러 나갔다. 장 보는 내내 엄마와 나는 청소하고 있을 아빠를 상상하며 키득키득 거렸다. 드디어 결과를 확인할 시간이 되었다. 비밀번호를 누를 때에도 혹시나 아빠가 청소기를 돌리나 귀를 기울였고, 인기척을 느끼고 후다닥 소파에 도로 눕진 않을까 문에 귀를 바짝 붙였다.

거실로 들어서자 바닥은 여전히 먼지와 머리카락이 널브러져 있었다. 아빠는 혹시 우리가 정지 버튼을 누르고 간 건 아닐는지 의심될 정도로 그 자세 그대로 소파와 일심동체가 되어 있었다. 엄마는 실망감이 가득한 표정으로 장 본 짐을 내려놓고 청소를 시작했다.

아빠는 내 자취방 손님 중에 검열 대상 1순위다. 아빠가 움직이는 곳마다 시선이 간다. 외투를 입고 침대에 올라가진 않는지, 화장실에서 서서 소변보진 않는지, 확인해야 할 사항이 굉장하다. 엄마와 아빠를 보내고 집 안을 둘러보는데 변기에 튄 소변 자국과 거실 바닥에 뒹구는 먹다 뱉은 과일 껍데기, 하얀 침대 커버에 흘린 커피 자국이 보였다. 내 검열을 요리조리 피해 저지른 아빠의 흔적을 치우며 엄마에게 외치고 싶었다.

  - 도망쳐!!!

지독한
사랑

엄마에게 아빠는 '거부할 수 없는 루시퍼'다. 싫지만 없으면 안 되는 그런 존재 말이다. 아빠가 엄마를 그렇게 만들었는지 엄마 스스로 그렇게 되었는지 알 수 없지만, 아빠 없이 엄마가 활동할 수 있는 영역이 줄어갔다. 복잡한 걸 싫어하는 엄마는 조금이라도 어려움이 닥치면 어김없이 아빠를 호출한다. 당연히 아빠는 한 번에 '그래! 내가 해결해 주지!'라고 말할 만한 사람이 아니다. 엄마가 5번 정도 간절히 요청하면 아빠는 그제야 귀찮다는 듯이 무겁게 일어나 온갖 잔소리를 동반하며 도와준다. 마치 '내 도움을 원해? 그럼 일단 잔소리 들어!'라는 듯이 말이다.

혼자서 해보지 않은 것이 많은 엄마가 아빠에게 할 수 있는 애정표현으로 '사랑해'보다 '필요해'가 더 어울릴 듯하다. 우리가 흔히들 더 사랑하는 사람이 상대방 눈치를 많이 살피듯이 더 필요한 엄마는 자연스럽게 남편의 눈치를 많이 봐왔다. 아빠가 원하는 아내상은 집에서 가만히 집안 살림이나 하는 사람이었으므로 엄마의 영역은 자연스럽게 줄어들어 그의 옆자리가 되었다.

하루는 어버이날을 기념해서 익산으로 가족여행을 떠난 적이 있었다. 펜션에서 당연히 엄마와 아빠가 한방을 썼다. 여름이 시작되고 있어서 밤에도 조금 더웠음에도 불구하고 부모님은 문을 꼭 닫고 잤다. 큰언니와 내가 자기 전에 부모님 방이 너무 덥지 않을까 하는 걱정에 문을 열었다. 근데 열자마자 느껴지는 엄청난 열기와 한 번만 뀐 것 같지 않은 구수한 방귀 냄새가 기다렸다는 듯이 쏟아져 나왔다. 그리고 엄마가 문을 연 우리에게 도움을 요청하듯 아련한 눈빛으로 올려다보았다. 그 눈빛만 봐도 방귀의 범인은 옆에서 낭창하게 코 골면서 자고 있는 아빠임을 알았다.

- 화생방에서 왜 자고 있어? 이렇게 냄새나고 더우면 창문이나
  문을 좀 열지!
- 너희 아빠가 춥대.

정말이지 사랑 한번 지독하다. 나와서 자기에도 아빠 눈치가
분명히 보였을 것이다. 엄마의 이 지독한 사랑은 안타깝지만 사
후까지도 계속될 예정이다. 그녀는 본인이 죽고 나면 화장해서
바다나 산에 뿌려달라고 했지만 아빠는 전통대로 땅에 묻히겠
다고 했다. 본인 의사와는 상관없이 땅에 묻힐 걸 예상했는지
엄마는 무심코 진심의 한마디를 날렸다.

- 아씨……. 죽어서도 내 마음대로 못하네.

처음에는 아빠가 무조건 엄마를 이렇게 만들었다고 생각했
다. 그러나 시간이 지나고 보니 엄마 스스로 영역을 제한 두는
탓도 있을 수 있겠다고 짐작했다.
집에만 있어 답답해하는 엄마에게 서울에 있는 작은언니네
집에 다녀오라고 했다. 엄마는 남편 없이는 그렇게 멀리 못 간
다고 말했다. 큰언니가 서울에 올라가는 날에 맞춰 '아빠 없이
엄마 서울 보내기' 프로젝트에 들어갔다. 같이 기차를 타면서 표

끊는 법과 기차 타는 법까지 세세히 알려주었다. 엄마는 이렇게 설명 들어도 돌아서면 까먹는게 당연한 사람처럼 새겨듣지 않았다. 그렇게 다시 원점으로 돌아왔다.

그래도 그런 자신이 싫었는지 엄마는 딸들의 해외여행만큼은 쉽게 보내주었다. 밤에 늦게 들어오거나 술자리는 그렇게 걱정하면서 해외여행은 왜 쉽게 보내주는지를 물었다.

- 내 딸들만큼은 나처럼 갇혀 있지 않았으면 해서.

단박에 이해했다. 엄마의 말처럼 누군가의 옆자리에 갇혀 살고 싶지 않다. 결혼과는 무관하게 말이다. 결혼을 해도 누군가에게 무조건적으로 의지하지 않고 나만의 영역을 만들어 놓을 필요가 있다고 느낀다.

백 번
엄마

엄마에게 인맥관리 비결이 무엇이냐고 물어본 다면 엄마는 사교성이라고 말하겠지만 자식의 입장에선 다르다. 수없이 봐온 엄마가 정을 표현하는 방법은 '무엇이든 백 번 권하기'이다. 경상도에서 특히 더 많이 나타나는 특징인지는 모르겠으나 식당에 가면 계산대 앞에서 싸우는 어른들을 많이 봐왔을 거다.

멀리서 보면 큰 소리가 오가는 비극이나, 가까이서 보면 자신이 기어코 계산하겠다는 희극이다. 그 대표적인 인물이 우리 엄마다. 멀리서 보면 공격적으로 보일지 모르겠지만 가까이서 보면 정을 주기 위해 죽을 힘을 다하는 엄마의 모습이다. 먹기 싫다는 음식도 15번쯤 권하고 살짝 짜증 섞인 대답을 들어야지만 포기한다.

- 먹기 싫으면 말아라. 이게 얼마나 맛있는데…….

집에 온 손님들에게도 예외는 없다. 밥 먹고 와서 물만 줘도 된다는 말에도 엄마는 냉장고에 있는 식품 리스트를 쭉 읊는다.

- 사과 좀 깎아드릴까? 배불러? 그러면 홍시는? 한과는?

끝없는 권유에 손님들은 손목이 시리도록 손사래를 치지만 못 이기는 척 과일 한 조각 집어 든다. 엄마의 이런 특징은 상대가 아빠일 때, 포텐이 터지곤 한다. 하지만 아빠도 나름의 강적이다. 아빠는 못 이기는 척이라는 말을 모르기 때문이다. 바람 쐬러 가기로 한 날이면 아빠는 무조건 피곤하다고 가지 않겠다고 한다. 딸들은 아빠에게 3번을 권하고 포기하지만 엄마는 다르다.

- 아이고 자식새끼들이 오래간만에 집에 와서 어디 바람 좀 쐬

러 가자 하는데 그냥 가면 되겠구먼.

- 피곤하다.
- 아이고 가는 길에 내가 운전할 건데. 옆에서 자면 되지!
- 피곤하다 했다…….
- 아이고 바람 쐬러 간 김에 맛있는 것도 먹고 할 건데.
- 안 간다고 몇 번을 말해야 알아들어!

싸움으로 번진 후에야 엄마는 씩씩거리며 집을 나선다. 그리고 아빠의 뒷담화로 시작해 아빠의 뒷담화로 나들이가 마무리된다. 엄마의 이런 모습은 선척적인 거라 생각했는데 아빠로부터 생긴 후천적 요인일 수도 있겠다고 느낀 계기가 있다.

거실에서 〈무한도전〉을 보며 과자를 먹고 있었다. 근데 등 뒤에 있는 소파에서 시선이 자꾸 느껴졌다. 아무래도 아빠도 과자를 먹고 싶은 것 같아 물었다.

- 초콜릿 쿠키인데 먹을래?
- 아니.
- 그래.

그럼에도 불구하고 아빠의 시선은 거두어지지 않았다. 한 번 더 물었다.

- 먹을래?
- 아니.

이미 2번이나 권했지만 인간은 3번에 익숙한 법이다. 양치도 3번 하고 밥도 3번 먹는데 권유라고 3번 못하겠는가 싶어 한 번 더 권하기로 결심했다.

- 마지막으로 묻는 거야. 초콜릿 과자고 우유랑 먹으면 맛있어. 이제 싫다면 안 물을 거야. 먹을래?
- 그럼, 하나 줘봐.

아빠는 남의 속을 새카맣게 태우고 초콜릿 쿠키 한 통을 비웠다. 엄마가 왜 권유에 죽을힘을 다하는지 알 수 있는 계기가 되었다. 왜 한 번에 자기 의사를 말해주지 않는가. 어른 아빠는 절대 초코 과자를 탐내지 않아야 강한 아빠라는 마음에서 그런 걸까. 아직도 아빠 자신의 의사가 정확히 담긴 대화를 해본 적이 없다.

늘 우리 마음대로 하라지만 마음대로 한 후에는 꽈리를 제대로 튼 말들이 비수가 되어 날아온다. 그래서 엄마뿐만 아니라 나도 집 밖에서 무언가를 권유할 때 3번은 물어본다. 엄마와 다른 점이 있다면 예고를 한다는 점이다.

- 딱 3번만 물을 거야. 이거 먹을래?
- 맛있는데 진짜 안 먹을래?
- 마지막으로 묻는다. 이거 먹을래?

거참,
비교 좀 하지 맙시다

가끔 본가에 늦게 내려가면 엄마는 밥을 먹지
않았다는 내 말에 반쯤 감긴 눈으로 밥을 차려
준다. 다 먹고 설거지까지 해둘 테니 그만 들어
가 자도 괜찮다는 내 말에도 엄마는 밥 먹는 내
내 옆에 앉아 가만히 나를 본다. 아무래도 할 말
을 찾는 것 같았다.

어른이 될수록 가장 어려운 건, 다른 세대와
이야기 나눌 주제를 찾는 것이다. 나도 명절날,
한참 어린 사촌동생들과 있을 때면 어떤 주제로
대화를 할지 몰라 당황했던 적이 있다. 그러면

일과 중에서 할애 시간이 가장 많은 학교를 주제로 진부한 질문들을 한다. 몇 학년인지, 친한 친구들은 있는지, 공부는 잘하는지 등과 같은 짧은 대화가 끝나면 또 다시 정적이 와 결국은 자리에서 일어난다.

엄마도 내 일과 중에 시간 할애가 가장 많은 직장을 선택해 대화를 시도한다. 이상하게 엄마가 직장 생활이 어떤지 물어보면 그렇게 대답하기 싫을 수가 없다. 어떤 일을 하는지, 팀원들은 어떤지 등 별거 아닌 질문에도 입에 자물쇠를 채워버렸다는 의미로 대답을 이렇게 한다.

- 비밀!

짜증도 내봤는데 미안함에 오히려 마음이 불편한 건 나였다. 감정적으로 욱하지 않으면서 최대한 밝게 방어할 수 있는 방법이다. 엄마는 대화를 포기하고 방으로 들어가면서 무슨 딸이 이렇게 비밀이 많냐며 투덜거린다. 식탁에 오로지 나만 남았을 때, 그제서야 밥을 제대로 먹기 시작한다.

엄마가 직장 이야기만 하면 왜 이렇게 마음에 가시가 돋을까. 친구들이 물으면 묻지 않았던 부분까지 친절히 대답해 준다. 궁금해서 묻는 말에 혹시 내가 기분 나빠하진 않을지 조심스레 물

으면 나는 담담하게 대답하고 금방 다른 주제로 대화를 이어간
다. 근데 엄마는 가족이라 걱정되어서 물어본다는 이유로 배려
와 존중은 찾아볼 수 없는 질문으로 내 마음을 쿡쿡 쑤셔댄 적
이 많다.

- 너 월급을 얼마 받는다고 했지? 그것밖에 안 받아? 이래서 큰
  회사를 들어가야 해.

휘청거리는 마음을 겨우 부여잡으며 엄마에게 모든 걸 말하
면 안 되겠다고 다짐한다. 엄마와 대화하면 겨우 다잡은 마음을
냅다 흔들어 버리는 말을 자주 듣는다.

인스타그램 하는 시간을 줄이기 위해 책을 읽으면서 다른 사
람과 비교하는 성격 좀 고쳐보자고 결심했었다. 책으로 겨우 마
음을 다스려 놓으면 엄마는 인간 인스타그램이 되어 이웃들의
소식을 구체적으로 알려준다.

엄마 주변에는 뭐 출세 요정이라도 있는지 여기저기서 출세
소식이 많이도 들린다. 옆집 자식이 공무원이면 그 옆집 자식
은 공기업에 다니고 그 옆옆집 자식은 외제차를 사는 등 가지각
색이다. 나는 궁금하지도 않은 그 집 자식들의 초봉까지 강제로
알아야 했다. 나는 듣다가 결국 못 참고 그 자식들이랑 왜 자꾸

비교하는지 따지듯이 물었다. 엄마는 시치미를 뗐다.

  - 내가? 언제? 그냥 그 집들은 그렇다는 거지. 너랑 비교한 건
    아니야.

술 마시고 운전했지만 음주 운전은 아니라는 말인가? 나는
안분지족安分知足의 삶을 지향한다. 주어진 것에 감사할 줄 알고
소박한 삶에도 배울 점과 행복할 수 있는 일은 분명히 있다고
믿는다. 엄마가 원하는 삶의 방향이 아니라는 이유로 내가 아직
어려서 잘 모른다며 존중해 주지 않아 아쉬울 때가 있다. 살다
보면 엄마 말이 맞다고 느낄 때가 분명히 있을 것이다. 그건 그
때부터 생각하면 된다. 중요한 건 지금이다. 나름대로 30년 가
까이 살았는데 내가 지향하는 삶을 조금이라도 응원해 주었으
면 좋겠다.

엄마도 옆집의 그 자식만큼이나 나를 자랑하고 싶어 한다는
걸 잘 안다. 나를 자랑스러워하는 마음이라면 감사하나, 이웃집
에게 질 수 없다는 듯이 별거 아닌 걸 자랑하듯 얘기하는 걸 들
은 날에는 얼굴이 빨갛게 달아오를 정도다.

이직했던 날이었다. 지원자가 100명 정도 되었다. 면접에 나

오지 않은 지원자도 있었고 이력서를 돌려 막는 지원자도 있었다. 그래서 꼭 경쟁률이 100 대 1이라 여긴 적도 없었고 합격 후에도 그런 사람들보다는 내가 경력력이 있다는 점에서 다행이라고 여겼다. 덤덤한 나와는 반대로 엄마는 경쟁률 소식을 듣고 눈을 반짝였다.

　- 뭐라고? 경쟁률이 100 대 1이었는데 우리 은심이가 들어갔단
　　말이지?

　그리고 얼마간은 집에 놀러 오는 손님들마다 날 보며 영혼 없는 얼굴로 축하인 듯 아닌 듯한 인사를 건넸다.

　- 은심이, 100 대 1의 경쟁률을 뚫고 회사 들어갔다며. 축하해.
　　지원자 수가 많은 걸 보면 월급도 많겠다. 그렇지?

　순수한 축하보다는 다른 약점을 끄집어내려는 듯한 하이에나에게 어색한 미소 한방 날려주고 방으로 들어갔다. 엄마가 나를 정말 자랑스러워한다면 자랑하지 않았으면 한다. 낭중지추囊中之錐라는 말도 있지 않은가. 우리끼리만 그 마음 알고 있으면 충분하다. 우리 엄마는 그게 잘 안 된다.

잠재력

신생아인 자식이 숨만 쉬어도 호흡 천재를 낳은 건 아닐는지 의심하는 세상의 모든 부모가 그러하듯, 우리 엄마도 마찬가지였다. 엄마는 어린 막내 딸을 보고 미술 천재를 예언했다. 학부모 공개 수업에서 구경한 그림 한 장 때문이었다. 사람의 머리카락을 검은색으로 표현한 대부분의 그림들에 비해 머리카락을 노란색으로 칠한 내 그림이 유독 빛이 나고 눈길이 더 간다는 이유였다.

엄마는 그걸 '창의성'이라 판단했다. 덕분에

나는 생애 첫 사교육을 미술 과외로 시작했다. 어려운 형편에도 엄마는 다른 지출을 줄이더라도 미술 과외만큼은 유지했다. 다른 교과목보다 미술시간만 되면 입에 미소가 그려져 있던 나도 과외 선생님이 오는 날만 손꼽아 기다렸다. 국어, 영어, 수학을 가르쳤던 선생님들이 내가 미술 수업을 받는 모습을 봤다면 배신감을 느꼈을지도 모른다.

나는 마술 과외를 초집중하고 즐겼다. 연한 색으로 기본 바탕을 칠하고 진한 색으로 포인트를 더하는 색칠 법부터 그라데이션과 점묘법으로 표현하는 수채화 실력으로 교내 대회에서 장려상을 여러 번 수상했다. 문제는 최대치의 아웃풋이 장려상이라는 점이다. 딱 장려상 짜리 실력이었던 것이다.

사실 지금도 수채화로 배경화를 그리라고 한다면 초등학생 때 그 실력 그대로 표현할 것이다. 엄마는 학년은 올라가는데 그대로인 내 미술작품을 보고 착잡해하며 미술 과외를 그만두었다.

엄마는 포기하지 않았다. 또 다른 재능을 발견할 때까지 나의 모든 것에 예의 주시했다. 미술 다음으로 얻어걸린 건 '언어 천재'였다. 《무서운 게 딱! 좋아!》 시리즈부터 《만화로 보는 그리스 로마 신화》 시리즈까지 만화책이 동네 아이들 사이에서 유행을 휩쓸고 간 이후에 외국어를 우리나라 말로 표현한 일상생활용 외국어 회화책이 유행이었다.

유행에 맞춰 샀던 일본어 책에는 '처음 뵙겠습니다'가 일본어로 표기되어 있지 않고 우리나라 말로 '하지메 마시테'로 쓰여 있었다. 어차피 봐도 모르니 읽기만 하라는 깊은 뜻이 있던 책이었다. 그 책을 한 달 동안 주구장창 읽고 또 읽은 결과, 내가 말할 수 있는 일본어 문장은 3가지 정도였다.

- 하지메 마시테.
- 와타시와 은심 데스!
- 도조 요로시쿠 오네가이시마스.

발음만큼은 기가 막혔다. 엄마는 이 부분을 놓치지 않았다. 언어에 대한 흡수력이 굉장하다는 빠른 판단을 내렸다. 이 흡수력을 활용하여 일본어가 아닌 영어를 조기 교육함으로써 글로벌 시대에 발맞춰가는 아이로 성장시키기로 결심했다. 엄마는 영어 교육지를 세트로 주문했다. 영어 카세트테이프와 온갖 책으로 선반이 가득 채워졌다.

엄마는 자기 전, 자장가를 영어 동화 카세트테이프로 대체했다. 수많은 영어 문장들이 귀 안으로 쏟아져 흘러 들어왔다. 그리고 유유히 다른 한쪽 귀로 빠져나갔다. 기억에 남는 문장은

없고 테이프 속 한 아이가 울던 소리만 아직도 내 귀에 남아돈
다. 아직도 그 아이가 왜 울었는지에 대해서는 알지 못하고 알
고 싶지도 않다. 그야말로 수면 bgm이 되어버렸다. 내 입에 남
아 있는 영어문장은 일본어와 마찬가지로 딱 3개였다.

- 하이.
- 하우아유?
- 파인, 땡큐! 앤유?

어떤 교육이든 본인의 의지와 동기가 굉장히 중요하다고 느
꼈던 순간이 있었다. 엄마가 내 귀에 영어가 그렇게 중요하다고
돈 줄 테니 학원을 다니라고 강조했을 때에는 학원을 쳐다보지
도 않았다. 배울 만큼 배웠다고 생각한 어느 날, 넷플릭스에서
미국 드라마를 보는데 영어가 그렇게 매력적으로 보일 수가 없
었다. 그 자리에서 영어 스피킹 학원을 알아보고 한 달에 20만
원짜리 수업을 내 돈으로 결제했다.

수업은 원어민들과 친구가 되어 대화하는 방식으로 진행되었
다. 수년 동안 엄마의 노력이 무색하게도 60분짜리 수업에서 제
대로 된 문장을 한 마디도 내뱉지 못한 채 한 달이 끝났다. 영어
를 초등학생 때부터 배웠다 치면 10년 정도 되는 건데 완벽하게

끝낼 수 있는 문장이 단 한 마디도 없었다. 마지막 날, 수업이 끝나고 집에 가는데 학원으로부터 문자가 하나 날아왔다.

'은심님, 한 달 수업이 모두 끝났습니다. 수업 연장을 원하시면 문자를 남겨주세요!^^'

- …… 너희라면 더 다니겠냐?

육성으로 진심이 나왔다. 그리고 조용히 문자를 지웠다.

엄마 이전에
엄마

엄마는 내 주변 사람들 가운데, 출근을 가장 좋아하는 사람이었다. 노인복지센터에서 사회복지사로 7년을 근무하는 동안, 내가 자주 하는 말인 '더러워서 그만둔다! 언젠가는 때려치우고 만다!'와 같은 잠재적인 되사 언급을 한 번도 하지 않았다. 그런 엄마가 신기해 어떻게 직장을 즐길 수가 있는지를 물어본 적이 있었다. 엄마는 한껏 여유로운 표정으로 말했다.

- 엄마는 집에서 살림만 할 성격이 아니야. 적

게 벌더라도 나가서 돈 버는 게 최고지. 예전에 돈 한 푼 못
벌었을 때, 너희 아빠가 얼마나 구박했는지 몰라. 지금은 조
금이라도 버니깐 잔소리도 좀 덜하잖아.

엄마는 '직업' 자체를 좋아하기보다 지금 나이에 돈을 벌 수
있음에 감사함과 자부심을 더 느끼고 있는 듯했다. 실제로 엄마
의 직장을 따라가 체험해 본 적이 있었다. 학점을 채우기 위한
봉사시간이 필요해 따라나선 것이었다. 한 번도 엄마나 아빠가
일하는 모습을 직접적으로 본 적이 없어 좋은 기회라 생각했다.

보호자가 직장을 다니는 주간 동안 노인분들이 안전하고 재
밌게 시간을 보낼 수 있도록 하는 일이 바로 노인복지센터의 전
반적인 역할이었다. 그 중에서 엄마의 업무는 노인분들의 픽업,
체조, 목욕, 식사, 프로그램 운영, 기타 등등이었다. 무엇을 해야
할지 몰라 신입처럼 우물쭈물하는 나와는 달리 엄마는 옆에서
노련하게 노인분들을 리드했다.

누가 자꾸 신발을 훔쳐 간다며 신발을 끌어안고 있는 할머니
에게 똑같은 설명을 4번 반복한 끝에 신발장에 신발을 갖다 놓
을 수 있었다. 입으로 들어간 밥보다 흘리는 밥이 더 많은 할아
버지는 옆에서 한 숟갈씩 떠먹여 드리는가 하면, 엄마보다 더

무거운 할머니를 샤워시키는 등 엄마는 노인복지센터 내에서 최고참의 역할을 톡톡히 해냈다. 그걸 바라보고 있는 날 의식이라도 하는 듯 밝은 표정을 지어보려고 했지만 틈틈이 피곤한 기색이 역력해 보였다.

50대 중반을 달리고 있던 엄마도 사람인지라 마음만큼 몸이 따라주지 않는 것이 당연하다. 가족들의 걱정과는 달리 엄마는 체력 부족으로 느끼는 피곤함도 '커리어 우먼'으로서 피할 수 없는 운명이라며 자연스럽게 받아들였다. 엄마의 늦은 출발에도 조바심을 내지 않고 즐길 수 있는 그 여유로운 마음가짐이 이해가 되지 않으면서 한편으로는 부러웠다. 엄마의 소박한 행복을 응원했다.

명예퇴직할 때까지 일할 생각에 신이 난 엄마가 일을 관둔 건 3년 전이었다. 엄마가 일할 수 있음에 만족감을 느끼는 소박한 사람이라 생각한 건 내 착각이었다. 엄마는 생각보다 야망이 큰 사람이었다. 노인복지센터를 직접 지어 대규모로 운영하고 싶다고 발표했던 날, 집에 피바람이 불었다.

가족들은 응원보다는 걱정과 우려의 목소리를 더 내었다. 나만큼이나 귀찮고 복잡한 걸 싫어하는 사람이 엄마였기 때문이었다. 사이버 대학교에서 내준 과제를 딸들에게 미뤘던 엄마는 딸들이 흔쾌히 해주지 않음에 서운하다고 말한 적이 있었다. 그 사소한 과제조차도 귀찮아 미루는 엄마에게 사업을 응원하기에는 신뢰가 가지 않았다. 엄마는 지금껏 살아온 서사를 이야기하며 꼭 덮어놓고 반대해야겠냐며 날을 세웠다.

- 내가 지금까지 하고 싶은 거 다 못하고 너희들 키웠는데, 이거 하나 응원 못 해주니?
- 덮어놓고 반대가 아니라 작게 시작해서 크게 번창할 수 있는데 시작부터 크게 하려고 하니까 걱정이 되는 거지.

부정적인 딸들과는 달리 엄마의 말에 흔들린 건, 남편이었다. 사업가인 아빠는 사업이 얼마나 어렵고 힘든지 잘 알기 때문에 딸들보다 더 반대할 줄 알았다. 아빠는 아내가 하고 싶은 걸 하지 못함에 자신도 한몫했다고 생각했는지, 걱정을 마음 한편에 넣어둔 채 어느 날 센터를 지을 땅 계약서를 엄마에게 선물처럼 쥐여줬다.

엄마는 세상을 다 가진 듯이 기뻐했다. 노인복지센터를 준비하는 동안 엄마는 예민했고 사소한 일에도 날을 세웠다. 살면서 아빠를 만나 엄마가 불쌍하다고 느낀 적은 많아도 엄마를 만나 아빠가 불쌍하다고 느낀 적은 처음이었다. 잘 모르는 엄마 대신

에 아빠가 투자자이자 설계사이자 인사담당이자 법무사이자 대
표였다. 엄마는 규모를 키우기 바빴고 아빠는 커진 규모를 정리
하는 데에 모든 시간과 돈을 투자했다. 예전 회사와는 달리 커
질 대로 커진 엄마의 거대한 행복을 나는 마냥 응원만 할 수는
없어 방관했다.

시작부터 순탄하지 않던 엄마의 노인복지센터 오픈은 결국
불발되었다. 커진 꿈에 구멍이 난 엄마는 바람 빠진 풍선이 되었
다. 녹아내릴 듯한 엄마의 어깨를 보고 있자니 책임을 따져 묻는
말이 도무지 밖으로 나오지 않았다. 엄마는 새로운 센터를 운영
하면서 자식들에게 손을 벌리지 않는 당당한 엄마가 되고 싶었
다고 했다.

- 나는 나중에 손주들이 오면 용돈 몇 푼이라도 쥐여줄 수 있
고 자식들이 따로 걱정하지 않게 노후를 준비하고 싶었어. 근
데 오히려 더 걱정하게 만들었네…….

엄마가 있는 그대로 당당하지 못할 이유도, 걱정할 이유도 전
혀 없다. 엄마는 예전 회사를 다녔을 때에도 충분히 멋있는 사
람이었다. 자신이 무엇을 할 때 행복한 줄 아는 멋있는 사람, 주

어진 환경 내에서도 행복을 찾을 줄 아는 멋있는 사람. 그런 그녀의 행복을 '엄마'라는 역할이 갉아먹은 것 같다. 자식들에게 손 벌리지 않기 위해, 자식들에게 당당한 엄마이기 위해, 손주들에게 용돈을 쥐여주기 위해 말이다.

늦둥이 막내가 이십 대 후반인 지금, '엄마' 딱지를 떼고 어떤 삶이 '김인희엄마 이름이다' 자체인지를 고민할 때가 되었다. 이쯤에서 돈 많이 벌어서 엄마 호강시켜 준다는 말이 가장 설득이 되고 논리에 맞겠지만 아직 벼룩의 간을 벌고 있는지라 그 정도까지는 말 못 한다. 그래도 응원만큼은 제대로 해줄 수 있다.

파이팅-*

불효녀가
응원해

나의 생일날이 되면 가족들에게 생색내는 걸 굉장히 좋아한다. 생일이 되기 한 달 전부터, 일부러 12월 달력을 펄럭이며 10일이 내 생일임을 방송한다. 어렸을 땐 이런 생색 덕분에 생일잔치를 여러 번 할 수 있었는데 시회생활을 시작한 후로는 얄짤없다. 생일이라고 방송했음에도 불구하고 다른 약속을 잡는 가족원이 있는가 하면, 생일 축하는 아픈 배로 나를 낳은 엄마를 더 축하해 주는 게 정상 아니냐며 맞는 말만 하는 가족원도 있다.

26살 생일도 마찬가지였다. 생일에 맞춰 본가로 갔지만 아무것도 준비되어 있지 않았다. 나는 어른이 떼를 쓰면 얼마나 무서운지를 보여줬다. 두 손 두 발 다 든 엄마는 결국 나를 데리고 케이크를 사기 위해 빵집으로 향했다. 어렸을 적에 놀이공원을 가더라도 추로스는 절대 사주지 않았던 엄마의 칼 같은 지출을 잘 알기에 먹고 싶은 케이크 하나를 고르고 둘러보지도 않았다. 엄마가 결제를 하는 동안 계산대 옆에 배치된 종이 왕관을 꼼지락거렸다.

'약국의 텐텐 같은 놈일세.'

그때, 엄마가 지갑에 카드를 넣다 말고 갖고 싶냐고 물었다.

- 아냐, 꼭 약국에 텐텐같이 애들이 사달라고 조르기 딱 좋은 아이템인 것 같아서 만져본 거야.
- 그냥 사.

얼떨결에 머리에 종이 왕관을 얹고 26개의 생일 초를 불었다. 마냥 유치해졌다기보다는 더 생일스러워진 분위기에 입꼬리가 내려올 줄을 몰랐다. 하루 종일 왕관을 벗지 않았다. 잠옷을 입어도 왕관을 머리에서 내려놓지 않았다. 엄마는 왕관을 쓰고 집 안 곳곳을 방방거리는 26살 막내딸을 한참이나 쳐다봤다. 사실 추로스나 텐텐보다 더 쓸모없을 것 같은 왕관을 왜 갑자기 선뜻 사라고 한 건지 이해가 잘 되지 않았다.

- 어렸을 때, 이런 거 안 사주더니 나이 좀 먹으니깐 사주네!
- 그랬나? 그땐 아빠한테 생활비 받아서 썼을 시절이기도 하고 먹고사는 게 급해서 그랬나 보지. 미안.

엄마는 자신이 변한 이유를 생계 혹은 세월이라 했지만 진짜 이유는 바로 나일지도 모르겠다는 생각이 들었다. 여느 날같이 빛처럼 본가를 다녀간 날이었다. 본가에 도착한 지 24시간도 되지 않아 나는 자취방으로 가기 위해 짐을 서둘러 챙겼다. 약속이 있거나 따로 할 일이 있는 건 아니었다. 집에 있어도 집에 가고 싶었다.

엄마는 저녁은 먹고 가라고 했지만 나는 이런저런 핑계를 대며 일찍 나설 준비를 했다. 엄마는 할 수 없다는 표정으로 지하철역까지 데려다줄 테니, 중간에 카페나 가자고 했다. 카페에 앉아 있으면서도 단둘이 카페를 간 게 언제였는지 기억이 나지 않아 둘만 있는 이 순간이 새삼스러웠다. 짧은 대화가 오고 가면서

음료가 바닥을 내자 내가 그만 가자고 했다. 엄마는 일어서려는 나를 붙잡기라도 하듯 물었다.

- 은심이는 사는 게 행복하니?
- 그냥 그렇지. 엄마는 안 행복해?
- 엄만 잘 모르겠어서.

그때 알았다. 내가 본가에 오래 있기 싫어한 이유를. 엄마의 약하고 우울해하는 모습을 보는 게 버거웠다. 최근, 엄마의 사업이 시작도 전에 막을 내리면서 엄마의 기분과 자존감이 내리막을 달리는데 나는 엄마에게 브레이크가 되어주지 못했다. 가족에게도 거리가 필요하다는 내 가치관으로 인해, 엄마를 진심으로 위로하거나 응원하는 법을 몰랐기 때문이었다.

나는 가족 간에도 거리가 필요하다는 가치관을 가지고 있다. 드라마 〈디어 마이 프렌즈〉 속 고현정의 '엄마는 엄마대로 행복해 줬으면 좋겠다'는 마음과 나문희가 남의 편인 남편과 가족이라는 이유로 묶여 있지 않고 갈라서서 흑맥주 하나의 행복을 추구하는 삶처럼 말이다. 그래서 우울해하는 엄마에게 남 일처럼 말하듯, 엄마의 옛날 취미들을 읊으며 이런저런 해결책을 늘어놓았다.

- 옛날에 일기를 썼잖아. 다시 써보는 건 어때?

- 아니면 옛날에 취미 삼아 했던 꽃꽂이해 보는 건 어때?

- 사물놀이는? 엄마 장구 좋아했잖아.

엄마의 삶을 가득 채웠던 각종 취미들이 주마등처럼 지나갔다. '맞아. 우리 엄마 취미 부자였지.' 취미 부자였던 엄마를 가정적인 사람으로 만든 건 나였다는 생각에 할 말을 잃었다. 나는 빈집을 무서워했다. 하교 후, 집에 아무도 없으면 집 전화기를 들어 엄마에게 지금의 내가 가장 듣기 싫어하는 말들을 쏟아냈다.

- 다른 집은 하교하면 먹고 싶은 음식 해놓는다 하는데 엄만 뭐 하는데?

막내딸의 폭풍 같은 발악에 엄마는 목욕탕에서 옷을 벗다가도 친구들과 시간을 보내다가도 장구를 치다가도 곧장 집으로 돌아와야 했다. 더 안타까운 건 다른 가족원들도 자기의 필요에 따라 엄마를 찾아댔다. 결국 집에서 엄마의 취미를 응원했던 사람은 아무도 없었다. 엄마가 자신이 좋아하는 게 무엇인지를 모두 잊은 지금에서야, 엄마가 좋아하는 걸 다시 찾으라는 말을 하고 있는 내가 뻔뻔스럽기까지 해 말문이 막혔다. 엄마는 오히려 더 엄마답지 못 했던 걸 우리에게 미안해했다.

 - 요즘은 다 내 탓인 것 같아. 너희 아빠가 아픈 것도 내가 케어를 잘 못해서 그런 것 같고 너희가 집에 오기 싫어하는 것도 내 탓인 것 같아.

늦었지만 이제부터라도 은심이네 엄마가 아닌 한 인간으로서 자신을 위해 살아가는 것을 적극적으로 지지하고 응원한다고 말하자 엄마는 조금 씁쓸해진 표정을 지으며 말했다.

 - 조금이라도 젊었을 땐 집에만 있으라 잡아두더니, 다 늙으니깐 놔주네.

내 식성의
1호 팬

자취하고 처음 비가 오는 날, 지옥에서 건너온
듯한 밀가루 수제비를 직접 요리해 먹었다. 부엌
은 그야말로 비가 왔는지 눈이 왔는지 모를 만
큼 하얀 밀가루로 덮였고 온갖 요리 기구들이
바닥을 뒹굴었다. 맛이 있기라도 하면 억울하지
도 않겠는데 마치 스콘을 씹는 듯한 두께감과
소금을 뿌린 게 아니라 소금통 자체를 집어넣은
듯한 국물 맛에 아찔해하며 변기통에 그대로 내
첫 밀가루 수제비를 보내주었다.

　엄마는 어떻게 그렇게 빨리 그리고 맛있게 수

제비를 만들어 줬을까. 비가 오는 날이면 엄마는 묻지도 않고 밀가루 반죽을 치대기 시작했다. 막내의 엄청난 수제비 사랑 때문이었다. 평상시에 고기반찬이 없으면 밥을 잘 먹지 않았던 내가, 유일하게 고기반찬 없이도 2그릇 정도는 뚝딱이 가능한 음식이 바로 수제비였다.

비 오는 날에 냉장고를 열어보면 엄마가 아침 일찍 치대둔 밀가루 반죽이 냉장고에서 발효 중이었다. 멸치 육수가 펄펄 끓기 시작하면 엄마는 나를 불러 밀가루 반죽을 같이 뗐다. 아무리 꼼꼼히 떠보려고 해도 손가락에 치덕치덕 붙는 반죽 때문에 제대로 수제비를 뜰 수 없었다. 그러자 엄마는 손에 물을 잔뜩 묻히고 뜨면 손에 덜 붙는다며 작은 그릇에 물을 담아서 내 옆에 놔주었다.

그리고 최대한 얇게 펴서 넣어야 식감이 좋다며 엄마의 모범적인 수제비를 뜨는 것을 보여주었다. 반대편이 훤히 비치는 엄마의 수제비에 비해 내 반죽은 두껍고 울퉁불퉁했다. 수제비가 다 끓을 때까지 식탁에 수저를 놓으며 배고픔을 참았다. 아빠와 언니들의 평범한 국그릇과는 비교도 안 될 만큼 내 그릇은 큼지막한 사발이었다. 엄마는 수제비가 찰랑거리는 사발을 나에게 건네주며 부족하면 또 있으니까 걱정하지 말라고 했다. 그러곤

사골 곰탕을 우려내고도 남을 큰 냄비에 아직 한가득 남은 수제비를 보여줬다. 아빠는 그런 엄마를 나무랐다.

- 애 배를 터트릴 작정이야! 적당히 쒀야지. 수제비 먹고 죽으라는 거야, 뭐야?

아빠의 잔소리는 신경도 쓰지 말라는 듯이 엄마는 나에게 몰래 어김없이 윙크를 날렸다. 엄마의 수제비를 엄청 사랑한 나는 다른 식구들이 반도 채 먹기도 전에 한 그릇을 뚝딱 비워냈다. 그리고 조용히 일어나 내 키만큼이나 큰 냄비 앞으로 가 국자로 수제비를 리필했다. 나는 엄마표 수제비의 반죽 찰기는 물론이고 멸치 육수의 시원함도 사랑했다. 똑같은 맛을 내고 싶어서 엄마가 전화로 알려준 레시피 그대로 해봤지만 결과는 지옥 그 자체였다. 이래서 엄마'손' 파이, 약'손'명가, '손'칼국수 등과 같이 손맛을 강조한 제품들이 많을 수밖에 없나 보다.

엄마가 요리한 음식을 모든 가족원이 맛있게 먹어주면 좋았겠지만 각자의 입맛이 모두 달랐다. 누가 야채를 좋아하면 누구는 야채를 싫어하고 누가 생선을 좋아하면 누구는 생선을 못 먹고……. 교집합을 찾기가 여간 어려운 게 아니었다. 그중에서 나는 고기반찬이 없으면 굶는 스타일이라 엄마가 아침을 차릴 때마다 굉장히 힘들어했다. 엄마는 다른 건 몰라도 아침밥은 꼭 먹여서 학교에 보냈다. 아침밥을 안 먹고 더 자겠다는 변명은 엄마에게 절대 통하지 않았다. 날쌘 등짝 스매싱에도 잘 일어나지 않는 막내딸을 위한 엄마의 주문은 보통 이런 식이었다.

- 은심이, 스팸 구웠는데 언니들이 다 먹는다?
- 은심이, 삼겹살 구웠는데 아빠가 다 먹는다?

주문이 제대로 먹힌 나는 초인적인 힘을 발휘하며 벌떡 일어나 "안 돼~~"를 외치며 아침밥을 먹었다. 엄마는 세 자매 중에서 식욕이 가장 많은 사람으로 날 지목했다. 특히, 고기와 밀가루라면 정신 못 차렸던 나는 고사리 손으로 과자봉지를 꼭 쥐고 있는 어릴 적 사진을 쉽게 발견할 수 있다. 명절 전야제로 외갓집에서 고기를 구워 먹는 날이면 삼촌은 늘 아이스박스 가득 고기를 사왔다. 그러면 이모들이 이걸 어떻게 다 먹냐며 걱정했다. 삼촌은 나를 가리키며 말했다.

- 은심이가 있는데, 무슨 걱정이야? 이것도 적어.

삼촌은 내 식욕을 가장 인상 깊게 봐준 사람이다. 삼촌은 어릴 적 먹성 좋은 나에 대한 추억을 가족 모임에서 이야기할 때마다 '뭐 이런 애가 다 있지? 다시 생각해도 대박이다'라는 표정을 지었다. 너무 자주 회자가 되어서 닳고 닳은 일화 중에 하나가 바로 고깃집 이야기다.

무거운 볼살 때문에 불도그처럼 얼굴살이 아래로 축 처져 있을 8살 무렵, 외갓집 식구들과 고깃집에서 외식한 날이었다. 가족들이 식사를 끝내고 외투를 입고 나가려는데 나는 과자봉지를 꼭 쥔 채로 미동도 하지 않고 무언가를 계속 바라보았다. 삼촌이 조카의 시선이 향하는 곳을 따라가 보니 그 끝에는 건너편 테이블에 앉은 손님들의 고기가 있었다. 손님들은 강력하지만 귀여운 내 시선에 고기를 하나 내밀었고 난 그걸 냉큼 받아먹었다.

삼촌은 조카가 20대 후반을 달리고 있는 지금도 그 이야기를 한다. 덕분에 지금도 내 이미지는 고기만 보면 환장하는 아이다.

난 대중을 의식하는 위를 가졌었다. 대중의 반응에 따라서 식량이 달라졌다. 남들이 잘 먹는다며 칭찬해 주고 어떻게 이렇게 많이 먹을 수 있냐며 호들갑을 떨면 배불러도 더 먹었다. 고무줄 같은 위를 가진 덕분에 뷔페에서 뽕 뽑을 수 있음에 감사하며 내 식성의 1호 팬인 엄마와 삼촌에게 영광을 돌리는 바이다.

Part 2

전화를 잘 받지 않는 딸을 둔
아빠 편

잔소리 울려라
잔소리 울려

아빠가 축구 경기를 볼 때처럼 혼잣말을 많이
하는 프로그램이 있다. 바로 육아 프로그램이다.
'애가 저럴 땐 이렇게 해야 한다'부터 '파리채를
들어야 한다'까지 다양하다. 육아 감독님의 코칭
을 옆에서 가만히 듣고 있으면 옛날 생각을 안
할래야 안 할 수가 없다.

　아빠의 훈육법 핵심 키워드는 '잔소리'였다.
수많은 잔소리 중에서 필요한 것만 골라 담는
일은 듣는 사람의 몫이다. 어떤 날에는 담을 것
이 없는 날도 있었다. 듣지도 않고 고막을 프리

패스하는 잔소리가 있다면 바로 '왼손잡이'다. 너무 어렸을 때부터 듣기도 했고 왼손잡이를 반대하는 이유가 명확하지 않다. 왼손잡이는 성공할 수 없다거나 옛날 노비들이나 왼손으로 밥을 먹었다던가이다. 그럴 때마다 난 왼손잡이의 유명 인사들을 쭉 나열했다.

- 김혜수, 박신혜, 김수현, 박해진, 마지막으로 빌 게이츠는 어떻게 설명할 건데?
- 뭐? 빌 게이츠도 왼손잡이야? 돌연변이네.

역시 아빠에겐 연예인보다 부자가 더 영향력이 있었다. 빌 게이츠를 돌연변이로 만듦으로써 방어에 성공했다. 물론 어릴 적부터 이렇게까지 잔소리에 반격하진 않았다. 칭찬이 고팠던 나이에는 약국에서 링이 달린 젓가락에 손가락을 끼워 넣는 교정 기구를 구매하기도 했다. 그 기구로 아빠 앞에서 보란 듯이 오른손잡이 젓가락질을 연습했다.

아빠는 그런 나를 뿌듯한 얼굴로 바라보았다. 그런데도 결국 왼손잡이가 된 걸 보면 나도 황소고집이긴 한가 보다. 교정을 포기하고 왼손으로 반찬을 집어먹는 나를 보고 아빠가 항상 하는 말이 있다.

- 나는 왼손잡이 딸을 키운 적이 없는데, 넌 누구세요?
- 안녕하세요. 아저씨. 지나가는 학생인데요, 밥 좀 먹어도 되죠?

이런 내응법에도 아빠의 공격이 멈춰지지 않는다면 숟가락을 들고 이적의 〈왼손잡이〉를 열창해야 했다. 현재도 아빠의 왼손잡이 반대 시위는 소심하게 진행 중이다. 아빠가 보는 앞에서 과일을 깎고 있으면 서커스단의 묘기를 보듯이 말한다.

- 와, 동네 사람들. 이것 좀 보세요. 왼손잡이가 과일을 깎습니다. 왼손으로 깎으면 이렇게 껍질이 많이 떨어져 나간답니다.

지금 생각하면 이런 아빠의 훈육법이 아무 효과가 없었던 건 아니다. 걸러 들어야 할 말을 알아서 필터링하고 낭창함으로 대응하는 청개구리 심보의 능력을 키웠기 때문이다.

하루는 친구들과 밤까지 술을 마시고 들어간 적이 있었다. 다음 날, 예상대로 아빠의 잔소리로 해장을 시작했다. 수많은 공격들 사이로 막내딸이 상처받는 일을 당하지 않았으면 하는 걱정 몇 가지를 주워 담았다. 충분히 담았음에도 불구하고 아빠는 공격의 화살을 엄마에게 돌리기 시작했다.

- 애들 가정교육을 어떻게 시켰으면! 여자가 말이야! 집에도 안
　들어오고 술을 저렇게 마시지?

가만히 있다가 화살을 맞은 엄마는 시선을 나에게서 아빠로
빠르게 돌린다. 애는 나 혼자서 키웠냐는 듯이 엄마가 아빠를
쏘아보기 시작하면 난 그제야 필살기를 꺼내든다.

- 잔소리 울려라! 잔소리 울려!

필살기는 바로 잔소리 송이다. 깨알같이 개사한 노래 한 소절
에 아빠는 할 말을 잃는다. 마치 전투력을 잃고 두 팔 벌려 총알
을 받아내는 병사처럼 말이다. 이 필살기는 사회생활에서도 꽤
쓸모 있게 쓰인다.
　상사에게 욕먹은 날에는 정말 미안해서 곧 죽을 것 같은 표정
을 하지만 속으로 잔소리 송을 부르고 있다. 이러면 멘탈의 내
상이 전혀 없다. 아빠도 그럴 의도까지는 아니었겠지만, 마치 광
어를 낚으려다가 대방어를 낚은 것처럼 세상 살면서 더 필요한
강철 멘탈을 얻게 한 것이다. 이런 장점과 반대로 딸과 깊은 대
화를 하지 못하는 부작용은 있지만 말이다…….

메이드 바이
아빠

유년 시절에는 거짓말에 뻔뻔했고 어른이 된 지금은 거짓말에 능통하다. 뻔뻔함의 수위가 어느 정도였는지 명백히 보여주는 사건들이 있다. 초등학교 2학년 때, 받아쓰기 10점을 받았었다. 물론 10문제에 100점이 만점이었다. 초등학교에서 받은 벌 중에서 가장 잔인한 건 화장실 청소도, 교무실 앞에서 무릎 꿇고 손 들고 있기도 아닌 부모님께 사인받아 오는 것이었다.

10점짜리 시험지에 부모님이 사인해 주면서지을 엄마의 실망 가득한 표정과 아빠의 폭풍 잔소리를 상상하니 끔찍스러웠다. 그래서 빗금 친 빨간 색연필 표시에 곡선 하나를 합쳤다. 반원 모양의 정답 표시가 된 것이다. 그리고 10 옆에 0을 하나 더 그려 100점으로 만들었다. 의심 가기 딱 좋은 조작인데 왜 그렇게 당당하게 내밀었는지는 알 수 없다. 지금도 근본 없는 자신감이 제일 무섭다. 당연히 엄마는 의심의 질문을 던졌다.

- 왜 정답 표시가 반원으로 되어 있지?
- 선생님이 틀린 줄 알았는데 다시 보니깐 맞대.
- 그게 9문제나 된다고?

엄마는 막내딸의 뻔뻔함에서 할 말을 잃었고 사인과 함께 한마디를 덧붙였다.

- 은심이가 말 안 들으면 혼내주시길 바랍니다.

바랄 것까지야 있는가. 받아쓰기는 어김없이 또 돌아왔다. 10점보다는 나은 30점을 맞았다. 반원은 효과가 이미 떨어진 걸 엄마의 그 의심하는 눈초리만 봐도 알겠다. 그래서 30점짜리 받아쓰기 시험지는 부모님에게까지 전달되지 않기 위해 조치를 취했다. 내가 사인했다.

부모님의 사인을 숱하게 받아봐서 그런지 자신 있었다. 엄마의 사인은 비교적 쉬웠다. 알파벳 K에 물결 하나 붙이면 끝이었다. 문제는 아빠의 사인이었다. 사업가인 아빠의 사인은 한 번에 휘갈겨 쓰는 것이 굉장히 복잡했다. 9살인 내 눈에 비슷하게만 보일 수 있게끔 날려 쓰고는 제출했다. 이번엔 담임 선생님이 의심의 눈초리로 날 보았다.

- 이번엔 은심이 아버님이 많이 바쁘셨나 보네.

선생님은 다음 시험에 한 가지 보안을 더 추가시켰다. 부모님께 사인과 동시에 시험에 대한 부모님의 의견을 한 마디 받아오라는 보안이었다. 결국 철통보안에 부모님께 모든 시험지를 뺏어내야 했다. 엄마는 파리채를 장전한 채, 날 추궁했다.

- 누굴 닮아서 이렇게 시답잖은 잔머리만 있는 거야?

이 질문에 굳이 대답을 하자면 이렇다. '메이드 바이 아빠'. 아빠는 게으른 성격과는 반대로 동네에 친구가 많았다. 사업을 하면서 발이 넓어지고 자연스럽게 인싸가 된 걸로 추정된다. 저녁

먹고 소파에 누워 코를 골며 한숨 자고 있으면 그렇게 누군가로부터 전화가 자주 올 수가 없었다. 그러면 아빠는 눈도 뜨지 않고 바로 대응한다.

- 여보세요? 이 사장! 집이지? 우리 동네에서 한잔 마시고 있는데 한번 오지 그래!
- 아, 최 사장님. 어떡하지요. 제가 일이 있어서 지금 멀리 나왔는데……. 다음에 갈게요.

위조된 받아쓰기 시험지를 아빠에게 내밀었을 때, 아빠는 아주 단호하게 말했다.

- 은심아, 세상에서 아빠가 제일 싫어하는 게 뭔지 아니?
- 뭔데?
- 거짓말이야. 거짓말은 최고로 나쁜 거야.

혼났지만 전혀 심리적으로도 정신적으로도 타격감이 없었다. 그런 말을 듣고 타격감이 있기에는 아빠는 이미 모범적인 대상이 아니었다. 돌아보면 나의 거짓말의 빈도가 가장 잦았고 능통했던 상대는 부모님이었던 것 같다.

- 기숙사에 살아야 공부를 열심히 하지. 도서관도 가깝잖아.

- 남자랑 데이트는 무슨! 친구랑 밥이나 먹는 거지!

- 이제 기숙사 들어가는 길이야! 외박은 무슨! 잘 데가 어딨다고.

- 아르바이트 안 해. 그 시간에 공부해야지!

엄마와 아빠에게 실망감을 안겨주기 싫다는 마음과 재미없게 사는 착한 딸 사이에서 전자가 이겼을 뿐이라는 것만 알아주었으면 한다.

면허증이라 쓰고
신분증이라 읽는다

뚜벅이 인생 27년 차로서 말하는데 승차감이 가장 좋은 차는 남이 태워주는 차다. 그것도 뒷좌석에서 타고 가는 승차감은 외제차 저리 가라다. 알아서 출발도 해주고 알아서 주차도 해주고 알아서 내려도 주니 얼마나 좋은가. 평생 아빠 차 뒷좌석만 타봤던 나는 조수석에도 나름의 역할이 있다는 걸 몰랐다.

남자친구와 렌터카로 드라이브하는데 초행길이라 길을 잘 모르니 조수석에 앉은 내게 내비게이션을 봐달라고 했다. 내비게이션을 봐달라? 내비게이션이 친절하게 지도로도 알려주고 음성으로 알려주는데 더 알려줄 게 있나 싶었다. 그래도 남자친구 혼자서만 운전하는 데 조금이라도 도움이 되고 싶어 뭐하라는 건지 모르겠지만 일단 알겠다고 했다.

그렇게 고속도로를 달리는 와중에 운전 중인 남자친구가 물었다.

- 은심아, 내비게이션이 어디로 가래?
- 엥? 직진하라는데, 여기 빨간색 선 따라가.
- 그거 알지. 어디로 빠지라는지 말해줘야지!
- 그건 또 무슨 소리야! 그냥 직진하라니깐?

우린 1시간도 안 걸릴 거리를 돌고 돌아 3시간 만에 목적지에 도착했다. 남자친구는 짜증이 비집고 나오기 직전인 애매하게 친절한 말투로, 다음에 차로 데이트할 때 내비게이션의 안내 중에서 뭘 봐주면 되는지 알려줬다. 운전과 내비게이션의 방향까지 파악해야 하는 엄청난 멀티태스킹 능력을 보유한 세상 모든 운전자들이 존경스러울 따름이다.

뚜벅이를 고수하는 이유가 내비게이션 독해 능력 부족만 있으면 다행이지만 운전 실력이 지나가는 동네 개만도 못하다는 치명적인 이유도 있다. 아빠는 나에게 운전면허를 쥐여준 학원을 고소해야 한다며 가끔씩 펄쩍 뛴다. 아직도 강사님이 나에게 면허증을 손에 쥐여주며 했던 말이 기억에 남는다.

- 아가씨, 점수도 겨우 넘긴 했는데 아가씨가 계속 학원 오는 정성에 주긴 하지만 이거 하나만 약속해 줘요⋯⋯. 절대 절대 절대 운전하지 않기로.

강사님. 저 아직 약속 잘 지키고 있습니다. 면허증이라 쓰고 신분증이라 읽는답니다. 3주면 따고도 남는다는 2종 자동 운전면허증을 난 2개월 만에 취득했다. 대략 6번의 도로주행 연습과 4번의 시험을 걸쳐 받은 운전면허증은 강사님의 당부대로 신분증으로 사용하고 있다.

첫 번째 시험은 출발한 지 5분도 되지 않아 시험관이 내리라 했고 두 번째는 나와 실력이 비슷한 아주머니와 함께 혼돈의 시험을 치고 눈물 젖은 탈락도 함께 겪었다.

이대로는 안 되겠다 싶었는지 아빠가 나섰다. 아빠는 겁 많은 엄마를 좁은 골목길에서 도로주행을 시켜 골목대장으로 키운 스파르타 강사였다. 아빠는 자신만만했다. 그리고 엄마는 걱정했다. 혹여나 막내딸의 거지 같은 운전 실력에 아빠 머리가 더 벗겨 지진 않을는지.

아빠 차를 타고 20분을 달려 사람이 전혀 다니지 않는 장소에 도착했다. 아빠는 운전석에서 내려 조수석 문을 열었다.

- 이제 은심이가 운전해 보자.

출발한 지 3분도 되지 않아 스파르타 강사의 언성이 높아졌다. 유턴을 하랬더니 차가 인도로 올라가고 좌회전을 하랬더니 유턴을 하고 직진을 하랬더니 차가 자꾸만 오른쪽으로 기울었다. 결국 집에 오는 길은 아빠가 차를 몰았다. 집에 도착한 아빠는 한숨을 쉬며 신용카드를 꺼냈다. 당장 운전학원에서 도로주행 연습이나 더하라고 말이다.

난 4번의 연습시간을 더 결제했다. 주행 연습 동안 총 2명의 강사님이 내 옆을 지켜주셨는데 다들 자신만만한 미소로 들어와 분노로 나갔다. 돈을 털어 넣은 마지막 운전 시험의 날이 밝았다. 단언컨대, 수능 시험 날보다 더 긴장했다. 주행 연습 한 번 더하고 시험을 칠 예정이라 일찍 준비하고 나섰다. 학원에 도착해서 시험 준비를 끝내자 가족들에게 문자가 왔다.

- 은심아. 긴장하지 말고 편하게 치다 오렴!
- 힘내라! 할 수 있다!

각종 응원의 메시지였다. 손에 땀이 줄줄 흘렀던 시험이 끝나자마자 엄마와 아빠한테서 전화도 왔다. 드디어 통과했다는 말에 다들 환호했다. 제2의 수능을 친 느낌이었다. 아니지. 수능보다 더 열띤 성원을 받았으니 면허가 제1의 수능이라고 할 수 있겠다.

딸 때문에 파출소를
갈 줄이야

힘겹게 눈을 떠보니 파출소였다. 시야에 눈부신
전등과 함께 걱정 가득한 얼굴의 경찰 아저씨가
보였다. 귀에서는 익숙한 목소리가 자그마하게
속삭이고 있었다.

- 은심아, 지금 아빠 여기 와 있거든. 제발 정신
  차리자.

분명 택시를 탔는데 왜 파출소에 누워 있는
지, 왜 아빠가 파출소까지 왔는지 상황 파악이

전혀 되지 않은 채, 다시 감겨오는 눈을 감았다. 그리고 다시 눈을 떠보니 집이었다.

'휴……. 꿈이었구나.'

침대에서 힘겹게 일어나 거울을 봤다. 옷은 분명 잠옷인데 어제 했던 화장이 지워져 있지 않고 심하게 번져 있는가 하면 머리는 누가 세게 갈겼는지 까치집이 심하게 져 있었다. 영원히 기억이 나지 않으면 좋겠지만 거울 속 얼굴을 보자마자 어제 일들의 일부분이 번개처럼 번쩍거리며 떠올랐다 사라졌다.

술자리에서 막차를 놓치지 않으려고 알람을 맞춰놓고 놀았다. 신데렐라의 마음으로 최선을 다해서 술을 마셨던 것 같기도 하다. 저녁 9시에 알람이 울리자마자 술자리를 박차고 나와 택시를 잡았었는데……. 내가 온전히 기억하는 마지막 장소는 택시 안이었다.

집에는 아무도 없었다. 다행이었다. 가족들에게 어제 무슨 일이 있었냐며 물어보기도 애매했다. 어제 무슨 짓을 했는지 초조해하며 어제 끌고 다녔던 가방을 뒤적거려 봤지만 아무것도 건지지 못했다. 외출 나갔던 엄마가 돌아왔다. 엄마는 술이 한바탕

휘젓고 간 내 얼굴을 보며 혀를 찼다.

- 으이구. 쯧쯧쯧. 내가 딸 셋을 키우면서 막내딸 때문에 파출
  소를 가볼 줄은 몰랐다. 꿀물이나 타 마셔. 어제 일은 기억도
  안 나지?

어제 가족들에게는 한 통의 전화를 받기 전까지 한없이 평화
로운 저녁이었다. 9시가 되어도 들어오지 않는 내가 걱정되었
지만 원래 친구를 만나면 늘 늦게 들어오던지라 크게 신경 쓰지
않았다고 했다. 집 전화가 울리고 엄마가 받았다.

- 네? 파출소요? 은심이가요? 네 알겠습니다. 지금 바로 가겠습
  니다.

전화를 받고 있는 엄마의 입이 파출소라는 단어를 내뱉자 아
빠와 큰언니는 전화를 끊기도 전부터 짐을 챙겨 나갔다. 파출소
에 도착한 엄마는 소파에 널부러진 나를 챙기며 경찰 아저씨에
게 무슨 일이 있었는지를 물었다. 경찰 아저씨는 머쓱해하며 내
가 여기까지 오게 된 경위를 말해주었다.

나는 술자리에서 나오자마자 택시를 탔는데 누가 봐도 잔뜩

취했고 돈도 없어 보이는 여학생이라 기사님은 지금 거기까지 못 간다며, 내리라고 승차 거부를 했다. 지고 싶지 않은 마음에 돈 있다며 지갑을 들어 보였지만 택시 기사님은 거부했다. 그때부터 진상을 떨었던 기억을 되짚어 보니 기사님이 왜 거부했는지 알 것 같았다. 기사님은 끝까지 내리지 않겠다는 여대생을 결국 파출소로 데려갔다. 엄마는 택시 기사님이 착한 분이셔서 다행이라며 가슴을 쓸어내렸다.

- 기사님이 날 살렸네.
- 은심아, 거기서 끝이 아니야. 고마워해야 할 분은 많아.

엄마는 이제 이야기의 반도 하지 않았다며 파출소에서 내가 얼마나 진상을 떨었는지를 자세하게 말해주었다. 경찰 아저씨들은 택시에서 내려진 나를 소파에 앉히고 물 한 잔을 건네주며 집이 어딘지를 물었다. 질문에 대답은커녕 갑자기 무릎을 꿇고 울면서 빌었다.

- 뭘 그렇게 빌었대?
- 은심이가 그렇게 정의감이 많은 사람인지는 몰랐다. 제발 깨끗한 세상을 만들어 달라고 그렇게 싹싹 빌었다네. 에휴.

아마 전날 자기 전에 유튜브 영상으로 봤던 〈그것이 알고 싶다〉의 여파로 추정된다. 경찰 아저씨들은 깨끗한 세상을 위해 최선을 다할 테니 이제 그만 울고 조용히 있어 달라고 했다. 약속을 받아낸 나는 거우 진정하고 소파에서 잠들었다. 피출소에 도착한 엄마와 큰언니는 소파에 눈이 퉁퉁 부은 채로 널부러진 나를 일으켰다. 계속 해롱거리자 큰언니는 자그마하게 아빠가 와 있으니 정신차리라고 속삭였다.

차에 타고도 계속 용수철처럼 튀어나오려는 나를 구겨 넣으며 아빠는 경찰 아저씨에게 연신 감사와 사과의 인사를 했다. 이제 모든 기억들이 점에서 선으로 선에서 면으로 연결되었다. 그럴수록 외출 나간 아빠가 돌아오지 않기를 바랐다.

- 아빠는 어디 갔어? 오늘 아빠 집에 오겠지?
- 아빠 집이 여긴데 어디 가겠어. 음료수 한 상자 사 들고 파출소 간다던데. 아빠 오면 찍소리하지 말고 죄송합니다 해.

개판이 된 성적표를 보여줬을 때에도 '나 원래 이래!'라고 당당했던 나였지만 지금은 꼬리를 내려야 할 때였다. 이런 일이 다신 없을 거라며 아빠에게 사죄했다. 아빠는 그렇게 나와 한 달간 대화를 하지 않았다. 술은 한 잔도 마시지 않는 아빠는 그

상황을 납득하기가 어려웠을 것이다. 시간이 흐르고 큰형부가 처음으로 우리 집에서 술을 마신 날이었다. 소맥을 말아먹는 나를 보고 형부가 말했다.

- 장인어른이 처제한테 술 좀 가르치라고 하시던데. 이유를 알 겠네.

아빠가 파출소를 지나칠 때마다 농담도 던지고 하면서 그 사건은 이제 안줏거리가 되었다. 하지만 아빠는 아직도 파출소만 보면 가슴을 쓸어내릴 만큼 아찔한 사건이었나 보다. 그 날 이후로 취해본 적이 없으니 안심해도 된다고 전해주고 싶다.

분명 크루즈 여행이라
했잖아요

하루는 엄마와 아빠가 일본 크루즈 여행을 다녀
온다고 했다. 크루즈 여행을 말로만 들었지 한
번 구경도 못 해본 나는 눈치 없게 끼워달라 했
다. 아빠는 잠깐 고민하더니 이미 티켓 예매도
끝났는데 여분의 표가 남아 있을지 모르겠다며
여행사에 물어본다고 했다.

고급진 크루즈라 표가 없을 것 같다는 직감과
는 달리 아빠는 하루 만에 표를 구해왔다. 급하
게 한 표가 취소되어 틈새 작전으로 예매에 성
공했다고 했다. 잔뜩 신나 인스타그램에서 외국

인 언니들의 크루즈 여행 사진들을 찾아봤다. 새하얀 크루즈 갑판 위에서 선글라스 낀 언니들이 깻잎 세 장만 붙인 채로 샴페인을 들고 누워 있었다. 이런 배경을 생각하며 신나게 짐을 챙겼다.

여행의 날이 밝았다. 진해항에 도착하는 순간부터 불안함이 엄습했다. 20대는 나밖에 없었다. 모두 40~50대의 어른들과 초등학생들이 전부였다. 가이드분이 긴 깃발을 들고 우리를 반겨주신 후, 낡고 때가 많이 탄 생계형 크루즈에 올라탔다.

엄마의 입이 실망감에 흘러내리는 걸 보아하니 나만 낚인 게 아니었다. 15인실의 크루즈 여객 방을 보자마자 엄마는 눈까지 흘러내릴 지경이었다. 나도 실망했지만 좌절로 투명해진 엄마의 표정을 살피느라 내 실망감까지 표현할 겨를이 없었다. 아빠는 엄마의 실망감을 애써 외면하며 먼지가 폴폴 날리는 이불 위에 짐을 놓았다.

- 배가 튼튼하고 괜찮네! 방도 이 정도면 깔끔하고! 그렇지?
- ······.

엄마와 난 아무 말이 없었다. 소리 없는 아우성으로 '뭐가 괜찮아!'라고 외쳤다. 엄마는 등을 돌린 채 누워서 생계형 크루즈를 구경할 생각을 하지 않았다. 아빠는 그제야 결심했다는 듯이

15인실 여객 방을 박차고 나가 30여분 만에 돌아왔다. 그리고 의기양양하게 말했다.

- 김인희! 은심아! 짐 다시 싸!

선장님한테 땅콩이라도 쥐여주고 출항한 배를 다시 돌리기라도 했는지 모르겠지만, 엄마와 난 어리둥절하며 다시 짐을 주워 담았다. 아빠는 2층 15인실을 지나 한 층 더 올라가면 위치한 패밀리 룸으로 우리를 이끌었다. 엄마는 그제야 웃으며 다시 짐을 풀었다. 사실 패밀리룸이라고 해서 뭐 특별한 건 없었다. 그냥 3명이 붙어서 잘 수 있는 단독 방이었으며 낡고 때 탄 건 똑같았다.

15인실에서 다른 사람들과 북적거리며 잘 생각하다가 세 명이 조용히 잘 생각을 하니 녹슨 패밀리 룸도 감지덕지였다. 기존에 가지고 있던 표에서 10만 원은 더 주고 바꾼 방이었지만, 엄마의 텐션을 다시 회복시키기에 충분했다. 아빠의 몇 안 되는 멋짐 폭발 모멘트이기도 하다.

일본에 도착한 후, 여행하면서 엄마와 아빠가 얼마나 다른 사람인지를 극명하게 관찰할 수 있었다. '패키지여행'에 가성비라는 단어가 포함된 게 아닌지 의심이 될 정도로 아빠는 뽕 뽑고 말겠다는 듯이 열심히 움직였다. 엄마 짐까지 아빠 가방에 넣은 상태라 무게가 꽤 됐음에도 불구하고 피곤하다는 말 하나 없었다. 잠깐 쉬어가는 시간에도 혼자 일어나 그 근처를 산책할 만큼 부지런한 여행 스타일이었다.

반면에 엄마는 체력이 잘 받쳐주지 않아 고생이 많았다. 관광 코스를 돌다가 정신 차려보면 맨 뒤에 무릎을 짚으며 겨우 따라오고 있었다. 그러다 보니 동행한 사람에게 심리적으로도 체력적으로도 의지를 많이 했다. 아빠는 그런 점이 싫었는지 여행 두 번째 날에 엄마에게 여행비의 일정 금액을 맡겼다.

- 돈은 한 명이 다 들고 있는 게 아니라 나눠서 들고 다녀야 하는 거야. 길 잃었는데 돈도 없어봐. 답도 없지.

엄마는 아빠의 말이 끝나자마자 나에게 돈을 바로 패스했다. 1시간 뒤, 길 한가운데서 아빠가 엄마에게 구박을 주고 있었다. 내가 한눈파는 동안 둘이서 또 싸웠구나 싶어서 뛰어갔다.

- 왜, 또 뭐 때문에 싸우는데? 사람들도 많은데!
- 너희 엄마 돈 잃어버렸다. 뭐 하나를 믿고 맡기지를 못해.

- 엄마 돈 나한테 줬는데?

엄마가 나에게 맡겼던 돈을 잊고 잃어버렸다고 생각했나 보다. 닭똥 같은 눈물과 함께 엄마의 어깨가 녹아내렸다.

'잃어버린 게 아니라서 다행이야. 내가 오해해서 미안해. 까먹을 수도 있지. 다음부터는 그냥 내가 챙길게'라고 아빠가 말해줬으면 참 좋았겠지만, 안타깝게도 아빠는 그렇게 이상적이지 않다. 아빠는 엄마의 기를 죽인 것에 대해 전혀 사과하지 않고 오히려 3배는 더 화를 냈다.

- 내가 돈은 각자 조금씩 가지고 있어야 한다고 했지! 왜 그걸 또 바로 은심이한테 다 줘? 길 잃어버리면 어떻게 찾아오려고!

집에서 봤던 부부의 모습이 고스란히 일본까지 물 건너왔다. 아빠가 잔소리를 그만하기에는 엄마가 꼼꼼하지 못했고 엄마 기분이 좋아지게 하는 데에는 아빠의 공감 능력이 부족했다. 나는 한 마리의 등 터진 새우가 되어 집으로 돌아왔다. 인생 샷을 건지겠다며 챙긴 옷을 도로 옷장 안에 넣어놓으며 다신 그 부부와는 여행에 동행하지 않겠다 결심했다.

아빠의 x가족을
소개합니다

작은형부가 가족이 되기 전, 엄마가 그에게 당부했던 말 중에 하나가 원가족 위주로 살아달라는 말이었다. 옆에서 듣고 있던 우리 세 자매는 그렇지 않으면 지구 끝까지 쫓아가서라도 저주하겠다는 듯한 자세로 공감했다. 우린 아빠의 밖으로 굽는 팔에 치를 떨며 살았기 때문이다. 아빠의 원가족은 38명 정도 된다. 친척부터 먼 친척까지 가족이라 여기며 진짜 가족을 등한시하는 아빠의 자세에 돌아가며 눈물을 한 바가지 쏟았던 지난날을 생각하면 서운하다는 말로는 표현이 부족할 지경이다.

특히 큰집에 대한 애착이 굉장했다. 명절날 큰집에 가는 날이면 빨리 가기 위해 이른 아침부터 씻고 준비하면서, 외갓집 한번 갈 때에는 귀찮으니까 자기는 빼놓고 가라며 출발 직전까지 버티고 있는다. 이럴 때면 속에서 천불이 화르르 올라온다. 저주의 말로 떠들어 봤자 소용이 없었다.

- 딸내미들과 결혼한 사위가 아빠처럼 처갓집 갈 때마다 귀찮다고 안 가겠다고 그러면 좋겠다!

아빠는 아랑곳하지 않았다. 집안에서 발생하는 문제에 대해 관심이 없을 나이에는 큰집 식구들이 아빠를 가만히 내버려 두지 않는다고 생각했으나 오랜 세월을 곁에서 지켜본 결과, 아빠는 스스로 큰집의 기둥을 자처하고 있었다. 마치 현 여자친구를 두고 헤어진 전 여자친구의 인스타그램을 염탐하거나 몰래 챙겨주듯이 말이다.

우리가 하는 부탁은 5번을 반복해서 간곡히 요청해야 그제야 무거운 엉덩이를 일으키며 들어주는 반면에, x가족의 부탁은 요청하기도 전부터 이깟 무거운 엉덩이 하나쯤이야 친척들을 위해서라면 아무것도 아니라는 듯 일어나 있다. 어떻게 자식이 친척보다도 못한 것인지 알 수가 없다. 얼마 전, 추석에는 아빠의 동생이자 나의 작은아빠가 서울에서 내려와 우리 집에 1박을 머물 예정이었다. 작은아빠로 말할 것 같으면 아빠의 썸 상대라고도 할 수 있다.

매일 밤마다 스피커폰으로 1시간 통화는 물론이며 우리에게 무슨 이야기 할 때마다 "우리 갑이는 아빠가 부르는 작은아빠의 애칭이다~"으로 시작해서 갑이 칭찬으로 마무리할 만큼 아빠에겐 애틋한 존재이다. 작은아빠의 추석 방문을 알리기 한 달 전부터 외가 쪽 삼촌들이 집에서 고기 파티를 할 계획이었다. 약속이 꼬여버린 원인을 언니들과 이야기하다가 범인은 아빠로 지목되었다.

- 분명히 삼촌들이 온다는 거 알면서도 작은아빠 보고 오라고 했을 거야!
- 내 생각도 그래! 작은아빠 말이라면 무조건 오케이니깐.
- 오래간만에 삼촌들이랑 술 마시나 했는데 취소되는 건가?
- 그건 아니지! 선약인데.

이 모든 상황을 알게 된 우리 집 골목대장 엄마가 교통정리에 나섰다는 소식을 작은언니를 통해 전해 들었다.

- 작은아빠는 삼촌들 왔다 간 다음날 오는 걸로 골목대장 엄마
  가 마무리했음. 다들 고기 먹을 위와 술 마실 간 준비하도록!
- 오케이!

썸과의 약속이 하루 미뤄진 아빠는 마치 헤어진 견우와 직녀
가 지을 만한 표정을 지었다. 그리고 직녀를 만나는 날, 아빠의
시무룩했던 얼굴에 누가 물을 주기라도 한 듯이 표정이 펴지기
시작했다. 아빠의 그런 표정을 보고 있으니 내가 왜 그토록 큰
집을 가기 싫어했는지 생각이 났다. 아빠의 표정 때문이었다. 우
리 가족끼리 있으면 무엇을 하든 귀찮아하고 뾰로통한 표정이
기본이라면 큰집 식구를 만나는 날에는 눈 주위에 주름이 자글
자글하도록 웃기도 하고 미소가 떠나질 않았다.

내가 하는 말엔 대답하기도 싫다는 듯이 90%는 무시로 끝난
다면, 큰집 식구들이 있는 날에는 친척들을 웃겨 볼 목적으로
날 괜히 타깃 삼아 장난을 걸곤 했다. 작은아빠네가 집에 온 날,
심심해서 사촌동생과 집 앞 도로에서 배드민턴을 쳤다. 집에 돌
아온 아빠는 자기도 끼워달라며 배드민턴에 동참했다.

- 큰아빠랑도 같이 치자! 큰아빠가 배드민턴 잘 치거든.

너무 낯설었다. 본가에 갈 때마다 배드민턴 좀 같이 치자고 수십 번을 말해도 귀만 후비적거렸는데, 사촌동생이 있다는 이 유로 먼저 같이 치자고 제안까지 하는 아빠가 낯설면서도 배신 감마저 들었다. 작은아빠가 떠난 뒤에 또 시무룩할 표정을 상상 하니 벌써 보기 싫어 냉큼 자취방으로 돌아왔는데 큰언니에게 서 카톡이 왔다.

- 아빠는 진짜 배신자야!
- 왜?
- 아빠 우리랑 외식할 때, 뭐 어디 찾아보거나 물어보고 그런 것도 안 하고 한식만 먹고 그러잖아.
- 그렇지.
- 근데 사촌동생이 인도 커리 먹고 싶다 했나 봐. 그래서 나한 테 전화 와서 근처에 인도 커리 파는 데 어디냐고 물어봄. 전 화하는데 목소리에 장난기가 가득하다. 진짜 서운하다 못해 화가 난다.

아빠의 식지 않는 x가족에 대한 애착은 우리 세 자매들이 남 편감을 고를 때, 가장 우선시 되는 기준 하나를 제시해 주었다. 원가족 위주로 사는 것. 각자의 가정을 꾸린 언니들과 달리 아

직 미혼인 내가 가끔 언니들에게 질척거리면 그녀들은 아주 단
호하게 선을 긋는다.

- 언니, 우린 하나니까 같이 움직여야 해.
- 아니야. 우린 둘이야. 그리고 나한테는 원가족이 따로 있어!
  나한테 무슨 일이 있을 땐, 무조건 남편부터 먼저 불러줘.

물고집 탈을 쓴
황소고집

지금껏 귀신을 봤다거나 가위에 눌린 적이 없다. 대부분의 사람들이 이를 기가 센 사람으로 해석해 버린다. 기세가 강하다고 하기에는 물렁한 성격 때문에 몸이 고생한 적이 상당히 많다. 버스에서 하차하기 위해 정차 버튼을 눌렀지만 기사님이 내려주시지 않아 다음 정거장에 내려 걸어온 사람에게 기가 세다고 할 수 있을까? 이렇게 약해 빠진 나를 언젠가 귀신들이 찾아내진 않을까 하는 불안함에 방에 있는 온갖 불을 켜놓고 잠들곤 했다. 귀신들이 27년째 날 못 찾는 건지 아니면 정말로 기세가 강해서인지 몰라도 아직도 가위에 눌린 적이 없다.

최근에 직장 생활을 시작하고 나서부터 느끼는 건데 어쩌면 기가 강해서일 수도 있겠다는 생각이 들었다. 출근과 동시에 오늘도 절대 빌런들에게 당하지만은 않겠다는 의지로 마음이 자연스레 벌크업된다. 그러면 나도 모르는 사이에 표정으로 의견을 피력하고 있거나 뇌를 거치기 전에 입이 먼저 말을 뱉고 있다. 놀랍게 진화된 내 모습을 옆에서 지켜본 언니들은 오히려 시큰둥한 반응이다.

- 은심이 원래 그랬어.
- 무슨 소리야. 나 완전 물고집이었잖아. 완전 소심이.
- 내가 늘 말하는데 물고집이라고 우겨대는 것 자체가 황소고집이라니깐. 우리 자매 중에서 물러터진 사람은 없어.

엄마에게 딸 셋 중에 키우기 가장 수월했던 딸을 물었던 적이 있다. 엄마는 두 눈을 지그시 감은 채로 끝내 대답해 주지 않았다. 셔터 닫은 두 눈이 모든 걸 말해주는 듯했다. 부모님의 말이라면 무엇이 되었든 한 번에 알겠다고 한 딸들은 없었다. 다들 한 주장씩 했으며 세월이 갈수록 더했을 것이다. 어려서 대화에 끼지도 못하던 막내조차 어른이 되면서 언니들의 주장을 거들기까지 했다. 특히나 왕 게임을 좋아하는 아빠는 이런 딸들에 매우 불만스러워했다.

- 아빠가 하늘이 땅이라고 하면 그냥 땅인 거지. 뭔 딸들이 말이 많아?
- 아닌 건 아닌 거지.
- 만약 아빠 주위에 그렇다는 사람은 가식덩어리에 다 순식간에 사라질 사람들이야.
- 진짜 아빠를 생각한다면 아닌 건 바로 잡아줘야지. 어떻게 딸들보다 그걸 몰라?

아빠는 아무것도 얻지 못했다. 그리고 인간이 낼 수 있는 최대한으로 작은 소리로 투덜거리며 리모컨으로 무의미한 채널들을 투어했다. 아닌 건 아니라고 말할 수 있는 용기와 전투력은 나도 모르는 사이에 몸 안에 축적되어 갔다.

그 잠재력은 아니라고 말하기 가장 어렵다는 회사에서부터 터지기 시작했다. 상사가 손 하나 까딱하지 않고 일을 주먹구구식으로 처리하려고 하자 바로 대표님과 면담을 잡았던 것도, 상사의 되지도 않는 논리에 책상 밑에 손 넣어 가운뎃손가락을 치

켜세우며 반박할 수 있던 것도, 상사가 욕을 했을 땐 방금 욕하신 거냐며 큰 소리로 되물어 봤던 용기도 모두 아빠와의 말장난 같은 의사소통에서 다져진 게 분명했다.

전투력이 가득한 날 보면 3가지의 감정이 들었다. 첫 번째 감정은 기특함이었다. 어릴 때 우물쭈물하기만 해서 할 말을 명확히 할 줄 아는 친구들이 부러웠는데 이젠 내가 그런 말을 주위 사람들로부터 가끔씩 들으니 많이 강인해졌다는 기분이 들었다. 두 번째 감정은 안쓰러움이다. 부모님으로부터 응원을 받은 적이 없음에서 나오는 마음이라 생각했기 때문이었다. 무슨 일이 있을 때면 부모님은 걱정의 탈을 쓴 책임 전가 멘트를 많이 날렸다. 큰언니가 해외 취업을 목표로 일본으로 교환학생을 다녀왔었다. 일본 대지진이 나고 상황이 여의치 않아 해외 취업을 포기하자 아빠는 기다렸다는 듯이 말했다.

- 거봐, 내가 일본 취업 어렵다고 했지? 내 말 들었어 봐. 쓸데없이 교환학생까지 갈 일은 없었지.

내가 방송국을 퇴사하고 서울에서 집으로 내려왔을 때에도 마찬가지였다.

- 거봐, 내가 서울에서 살기 힘들다 했지? 내 말만 들었어 봐.
이미 대구에서 월급 더 받고도 남았지.

실패해도 괜찮다고 다 경험이었다고 유리 멘탈이 되어가는 스스로를 다독이고 응원하고 있으면 부모님의 가시 같은 찌름에 어느새 강철 멘탈로 거듭나 있었다.

세 번째 감정은 불안함이다. 평소 동경하고 좋아하는 '이슬아' 작가는 즐길 수 있는 일을 찾았고 그 안에서 주어진 행복을 찾았다고 했다. 그녀의 에세이나 인터뷰를 보면 소박한 행복은 부모님으로부터 영감을 얻었다는 것을 알 수 있다. 부족했던 시기에도 부모님의 응원을 받으며 한 번도 불행하다고 느낀 적이 없다고 한다. 그녀뿐만 아니라 성공 대신 행복 위주의 사람들을 보면 대부분 부모님의 이야기는 빼놓지 않고 말한다.

부러움과 동시에 불안했다. 부모님으로부터 응원받은 적이 없는 나는 그들처럼 행복해질 수 없다는 건지 불안했다. 지금도 부정적인 감정들이 올라올 때면 스스로 다독이며 기특함만 기억하자며 마음을 다잡는다.

대화가
필요해

본가에서 회사를 다녔을 때, 아침마다 아빠가 차
로 지하철역까지 데려다줬었다. 체질적으로 오
전 중에는 최대한 에너지를 많이 비축해 놓는
편이라 말이 없어져서 의도치 않게 아빠와의 드
라이브는 항상 조용히 지나갔다. 아빠도 딱히 대
화할 생각이 없어 보였고 정적을 채우기 위해
굳이 노력하지 않았다. 서로 어색해하지 않아서
별생각이 없는 와중에 작은언니의 한마디로 나
만 착각하고 있음을 알았다.

- 은심이 아빠 차 타고 갈 때, 아빠랑 말 안 한다며? 뭐 서운한
  거 있니?
- 엥? 아빠가 그래?
- 응, 위에 큰딸들은 아빠 차타고 가면 이야기 조금이라도 하는
  데, 막내딸은 전혀 안 한다고 걱정하시더라.

아빠와는 입으로 하는 대화보다 몸으로 대화하는 방식이 편
안하고 익숙하다. 소파에 누워 있는 아빠의 배를 꼬집는다던가,
끊임없이 앵기면 싫으면서도 좋아하는 그 애매한 반응을 보는
게 재밌다.

- 은심이는 안 보이면 아쉽고 눈에 보이면 귀찮고!

수많은 장난 중에서 제일 좋아하는 건 콧구멍 찔러 넣기다.
아빠 콧구멍에 손가락을 찔러 넣었다가 아빠 입에 넣으면 자고
있다가도 까무러치게 싫어하는 아빠의 표정을 제일 좋아한다.
내 장난을 간파한 아빠는 콧구멍에 무언가가 느껴지면 망설임
없이 '펭!' 하고 코를 풀어버린다. 복수에 성공한 아빠는 콧물이
잔뜩 묻은 손가락을 부여잡고 까무러치게 싫어하는 내 표정을
흐뭇하게 바라본다.

이런 장난들이 나와 아빠 나름의 소통방식이다. 그래서 아빠와 좋았던 추억을 떠올리라고 하면 정적인 장면보다 동적인 장면들이 많이 떠오른다. 자전거를 가르쳐 주거나 달리기 시합을 하거나 피아노 치는 내 옆에서 마사지 기계에 누워 연주에 맞춰 동요를 부르는 아빠의 모습이 더 친근하게 다가온다.

최근 들어서는 아빠가 나와 잘 놀아주지 않는다. 얼마 전 집에 들렀을 때에도 배드민턴을 같이 치려고 체육복으로 환복까지 하며 기다렸는데 아빠는 끝까지 소파에서 일어날 생각을 하지 않았다.

배드민턴은 아직끼지도 나의 최애 스포츠 활동인데 아무래도 아빠의 영향이 크다. 배드민턴의 시발점은 기억나지 않으나 떠오르는 소리가 있다. 한참 외모에 관심 많을 나이에 미용실에서 앞머리를 망쳐서 뚱해 있었던 날이었다. 착잡해 있는 날 이끌고 집 앞 도로에서 배드민턴을 제안했던 건 아빠였다. 내가 서브한 공을 받아칠 때마다 아빠는 꿀렁거리는 배와 함께 이상한 소리를 냈다.

- 으이사~! 어이! 으이사~!
- 왜 자꾸 배드민턴 할 때 의사를 찾아?

시간이 흐르고 부녀 사이에 이런 활동들이 사라지면서 정적만 남은 것이다. 부녀가 원만하게 대화하는 법을 모르는 우리는 서로에게 중요한 것만 이야기한다. 아빠에겐 먹고사는 생계가 제일 중요한 만큼 나에게 회사, 경제, 정치 위주로 대화를 시도한다. 그와 반대로 난, 에너지 비축이 제일 중요한 만큼 알아듣지도 못하는 아빠의 말에 귀를 닫은 채로 고속도로를 달린다.

대화가 없을 뿐, 아빠와 데면데면한 사이는 아니다. 아직도 아빠에게 잘 안기기도 하고 팔짱도 끼고 손도 잡고 이렇게 큰 덩치로 아빠 무릎에 앉기도 한다. 이런 스킨십이 부녀 사이에 존재하는 소통의 한 가닥 수단이다. 밀도 높은 이야기를 하지 않는다고 해서 부녀 사이가 남이 되지는 않는다. 잘 맞지 않는 방식은 피하고 잘 맞는 방식으로 소통할 뿐이다.

아빠 나이가
어때서

아빠가 목욕탕을 갔다가 시무룩해진 표정으로
돌아온 날이었다. 엄마는 방에 등 돌려 누워 시
름시름 앓아가는 아빠에게 목욕탕에서 무슨 일
이 있었는지를 물었다. 아빠는 축 처진 눈을 힘
겹게 뜨며 자신이 그렇게 늙어 보이냐고 물었다.
자초지종을 들어보니 목욕탕에서 한 아이가 뛰
어다니길래 다칠 수 있으니 조심하라고 타일렀
단다. 그러자 멀리서 샤워하던 아이의 아빠가 달
려와 아이에게 이렇게 말했다고 한다.

- 어허! 이리 와! 할아버지가 뭐라고 하시잖아.

아이의 아빠도 자신과 동년배였음이 틀림없었다며 뾰로통했다. 언니의 출산과 동시에 진짜 할아버지가 된 아빠는 할아버지란 단어에 우울해했던 과거와는 달리 최선을 다해 조선 할아버지가 되기 위해 노력하는 듯하다. 아빠에게 조선시대 양반 할아버지가 빙의하게 된 계기는 아무래도 건강이었다.

아빠가 조직검사 결과를 들으러 간 날, 작은언니에게 전화가 왔다. 언니는 아빠가 암 판정을 받았다는 소식을 전했다. 언니 전화를 끊자마자 아빠에게 전화를 걸었다. 당황한 기색이 역력한 엄마의 목소리가 먼저 들렸다. 아빠를 바꿔달라고 했다. 엄마가 멀리 있는 아빠를 불러 전화를 바꿔주기까지 3초 정도 걸렸다. 그 짧은 순간 동안 아빠가 의사에게 '암입니다'를 듣는 그 장면을 상상하자 늘 빵빵한 배를 자랑했던 아빠의 덩치가 너무 왜소하고 유약하게만 느껴졌다.

아빠는 무덤덤하게 전화를 받았다. 나는 '아빠'의 '아' 자가 튀어오르기가 무섭게 울음 섞인 목소리가 쏟아져 나왔다. 많이 당황했을 아빠를 생각하며 아무것도 아닌 척 말을 하려 해도 우는 내가 민망해 더 큰 소리로 울부짖으며 잔소리를 쏟아냈다.

- 내가 밥 먹고 바로 눕지 말랬지! 내가 운동 좀 하라 그랬지! 건강 좀 챙기라고 몇 번이나 말해?

아빠는 아무 말 없이 엄마에게 전화기를 넘겼다. 한 번도 가족들 앞에서 제대로 울어본 적이 없었던 아빠는 몰래 눈물을 훔칠 요량으로 전화기를 넘겼으나 이를 또 포착한 엄마는 굳이 큰 목소리로 나에게 말했다.

- 오마나. 너희 아버지 운다.

수술이 두 달 뒤에 가능하다는 말을 들은 아빠는 의사에게 좀 더 당길 수 없냐고 물었다. 의사는 극초기니까 두 달 정도는 괜찮다며 아빠보다 더 심각한 환자가 많다는 말로 위안했다. 집에서 조금이라도 마음에 들지 않는 부분이 있으면 '죽어야지~'라는 말을 남발하는 사람치고는 삶의 의지가 강해 보여 마음을 조금은 놓을 수 있었다.

수술하고 회복하는 과정에서도 아빠가 건강해지기 위해 변하고 노력할 줄 알았다. 보통은 죽다 살았으면 인생의 터닝 포인트가 되어 보다 더 나은 사람, 더 선한 사람이 되기 위해 노력하지 않던가. 예상과는 정반대로 흘러갔다. 아빠는 더 나은 사람이기보다는 과거에 꾹 눌러앉은 할아버지가 되기로 결심이라도 한 듯이 응석받이가 되어버렸다.

분명 아픈 사람은 아빤데 그 옆에서 병간호 중인 엄마가 더 걱정이었다. 아빠와 같은 입원실을 사용하던 꼬장꼬장한 할아버지도 아빠가 엄마를 구박하는 모습을 보고 속닥거렸으면 말 다 했지 않은가. 퇴원을 하면서 집에서 일상생활을 시작한 아빠는 예전보다 더 진하게 조선시대 양반 할아버지의 냄새를 풍긴다. 밥투정과 끊임없는 살림 잔소리, 그리고 언성을 높여가는 정치 이야기에 절정을 달린다. 예전에는 '죽어야지'를 남발했다면 지금은 '곧 죽을 텐데 뭐', '재발했을 거야'라는 말을 꼭 그러길 원하는 사람처럼 한다. 남발되는 말과는 다르게 6개월에 한 번씩 받는 검진 결과에는 발병 위치에 뾰루지밖에 발견되지 않았다.

내뱉는 말의 90%가 부정적인 아빠가 조금이라도 젊게 살았으면 한다. 막내가 태어나고 더 오래 살기 위해 헬스를 다녔던 예전의 긍정적인 기운이 가득한 아빠 모습을 보고 싶었다.

아빠가 수술하고 첫 생일날, 아빠의 마음가짐을 달리할 수 있는 신선한 선물을 하고 싶었다. 와이드 하다못해 펑퍼짐한 정장 바지에 형형색색의 줄무늬가 있는 낚시 잠바를 입고 팔자걸음에

뒷짐을 지고 걷는 아빠를 보며 옷부터 해결해 보자고 결심했다.

SNS에서 꽃중년 관련 해시태그를 총동원해서 레퍼런스를 찾았다. 포마드 헤어스타일에 수염이 덥수룩하지만 깔끔하게 정리된 중년 남성들이 검은 뿔테 안경을 끼고 춤이라기보다 율동에 가까운 몸짓을 하는 영상을 보며 아빠에게 어울리는 아이템들을 포착했다.

찾은 레퍼런스를 바탕으로 아웃렛을 3시간이나 돌아다니면서 적당한 아이템을 구매했다. 엄마가 사 오는 옷마다 돈이 남아도냐며 착용 거부했던 아빠를 어떻게 설득할지가 관건이었다. 아빠가 러닝셔츠 대신에 나이키 티셔츠를 레이어드하고, 칼라 티셔츠 대신에 체크 셔츠를, 후줄근한 잠바 대신에 루즈핏의 린넨 재킷으로 입을 명분이 뭐가 있을까 생각하며 집으로 갔다.

우려와는 달리 아빠는 아이가 크리스마스 선물을 받은 듯한 표정으로 쇼핑백을 열었다. 일일 스타일리스트가 되어 갈아입은 옷의 소매와 바짓단을 접어주고 스타일링을 잡아준 결과, 10년은 회춘한 아빠 아저씨가 완성되었다. 옆에서 지켜보던 엄마와 언니들이 마치 지하상가의 옷가게 주인으로 빙의된 것처럼 칭찬을 마구마구 뿌려댔다.

- 어머나. 딱 아빠 옷이네!

- 총각이라 해도 믿겠어!

- 옷이 날개라더니. 진짜네.

풍선같이 터질 듯한 아빠의 배가 수술함과 동시에 바람 빠진 풍선처럼 홀쭉해졌다. 맨날 내가 꾹꾹 누르기도 하고 수박을 치듯 두들겨도 보면서 놀았던 빵빵한 배였는데 갑자기 사라지니 아쉽기도 하고 아빠가 안돼 보이기도 했다. 그런데 반대로 생각해 보면 이런 트렌디한 옷을 더 멋지게 소화할 수 있는 기회이기도 했다. 납작해진 배에 옷이 날개를 달아주어 스타일을 완성했다. 자주 입어주길 바랐지만 얼마 전까지 본가에 갔을 때, 형형색색의 칼라 티셔츠에 형광색 바람막이 낚시 잠바를 입은 아빠가 소파가 누워 있었다. 역시 사람은 한순간에 변할 수 없는 것인가. 아빠가 자주 보는 〈전국노래자랑〉에 나오는 노래처럼 살았으면 한다.

아빠 나이가 어때서.

우리 아빠
정우성 닮지 않았나요?

＊

- 정우성은 가만 보면 너희 외할아버지 보는 것
  같아.

정우성이 법정에서 핏대를 세워가며 열연하
는 영화 〈증인〉을 보며 엄마가 말했다. 나는 열
심히 까고 있던 귤을 손에서 놓으며 믿을 수 없
다는 눈빛으로 엄마를 돌아보았다.

- 이거 왜 이래. 외할아버지 한 번도 본 적 없다
  고 지어내면 곤란해. 외할아버지 사진도 내

가 다 봤다고.

- 아니야. 눈빛이 그윽하고 머리도 찰랑거리고 다리도 길쭉하
  고 몸 선이 호리호리한 게 우리 아버지랑 비슷해.

외갓집 벽에 몇 년이 지나도록 그 자리 그대로라 벽지의 일
부가 되어버린 할아버지 사진을 머릿속 회상으로 하나씩 뜯어
보았다. 눈부시게 햇빛이 내려앉은 마당에서 하얗고 하늘하늘
한 셔츠를 입은 채, 살짝 미소를 짓고 있는 할아버지는 엄마가
늘 표현했던 말처럼 눈빛부터 아우라까지 옛날 경상도 아저씨
특유의 꼬장꼬장한 느낌이 없었다. 어떤 말이든 다 들어줄 것만
같은 온화하고 부드러운 분위기를 가지고 계셨다. 분위기뿐만
아니라 깊은 눈매, 오똑한 콧날, 금방 쓸어넘긴 듯한 앞 머릿결,
시원하게 뻗은 다리까지 외적으로도 정우성과 겹쳐 보였다.

내가 엄마와 삼촌들에게 전해 들은 외할아버지는 지금껏 알
고 있는 할아버지들 중에 가장 잘생기고 부드러운 사람이다. 외
갓집에서 외할아버지 이야기가 본격적으로 나오기 시작한 건,
외할머니의 묵혀둔 사진 앨범을 발견하고 나서부터다. 사진들
이 모두 흑백임에도 불구하고 외할머니의 출중한 미모와 해맑
은 표정에 모두들 놀라했다. 모든 사진들을 그렇게 감탄하며 보

았지만 신혼부부였던 시절의 사진을 보고는 육성으로 감탄사가 터져 나왔다. 내놓으라 하는 연예인들을 텔레비전으로 많이 봐 왔지만 할머니와 할아버지는 그들에게 절대 뒤지지 않을 아우라를 가지고 있었다. 그야말로 그 시절에 캐스팅 디렉터가 있었다면 무릎을 탁! 치며 아까워했을 선남선녀였다.

- 맞네. 우리 외할아버지 정우성이네. 그런 아빠를 뒀다면 눈이 상당히 높았을 텐데 인생에 무슨 터닝 포인트가 있었길래 우리 아빠를 만났을까?

소파에 누워 풍선 같은 배가 들숨과 날숨에 파도를 치며 꿈나라 여행 중인 아빠를 보며 물었다.

- 외할아버지한테 단단히 낚여버렸어.
- 외할아버지가 아빠랑 다리라도 놔줬어?
- 아니, 세상 모든 남자가 우리 아버지 같은 줄 알았지.

애처가였던 할아버지의 스윗한 일화는 엄마가 술에 거나하게 취했을 때만 들을 수 있는 귀한 이야기였지만 정우성이 우리가 보는 채널에서 우연찮게 열연해 준 덕분에 맨 정신으로도 들을 수 있는 기회가 생겼다.

딸을 낳으면 집안이 망하는 줄 알았던 60, 70년대에는 남아선호사상이 절정을 치닫고 있었다고 한다. 하지만 할아버지는 시절에 맞서기라도 하듯이 집안 살림을 도맡아서 하셨다. 이로 인해 동네 남편들이 남자 망신은 할아버지가 다 시킨다며 시기와 질투 어린 비난을 했지만 할아버지는 아무 상관이 없다는 듯 항상 당당하셨다. 어느 날 할아버지는 개구쟁이 두 삼촌을 부엌으로 불러내 라면을 꺼내며 말했다.

- 남자라면 부엌일은 어느 정도 배워야 결혼해서도 사랑받을
  수 있어. 오늘은 라면 끓이는 것부터 배우자.

지금까지 나는 남자가 부엌 문턱을 넘어가면 소중이가 떨어진다는 아빠 밑에서 자랐다. 우리 집안에도 살림에 남녀 경계를 두지 않는 열린 마음의 남자가 있었다는 게 놀라웠다. 할아버지의 가르침 덕분인지 삼촌들은 각자의 가정에서 다른 남편들보다 집안일 비중이 높은 편이다. 무엇보다 할아버지는 할머니를 끔찍이 아끼셨다고 한다. 겨울엔 아내가 추울까 새벽에 일어나 연탄 확인은 물론이고 여름엔 덥지 않을까 없는 형편에 티끌 모아 선풍기를 장만하셨다.

직접 연탄을 갈아본 적이 없는 할머니는 남편이 떠난 이후로 자주 연탄을 꺼트리곤 하셨는데 엄마는 꺼진 연탄을 다시 피우러 친정집에 그렇게 출동을 자주 했었다며 한탄하곤 했다.

외할아버지에게 낚인 엄마는 현재 자신의 아버지와 정반대인 남자와 30년째 결혼생활을 유지하고 있다. 이 둘은 자식들의 입장에서 보아도 서로 잘 맞지 않는다. 짜증을 내지 않은 날이 손에 꼽힐 정도로 자주 싸우며 서로 불만이 늘 많다. 〈금쪽같은 내 새끼〉와 같은 육아 프로그램을 보면 육아 전문가는 부모가 자식들 앞에서 싸우는 것은 치명적인 정서불안을 초래할 수 있다고 조언한다. 하지만 내가 자란 시절에는 정서불안보다 먹고사는 일이 더 문제여서 그런지 부모님은 우리가 없다는 듯이 잘 싸웠고 아직도 현재진행형이다.

어느 주말 아침이었다. 주 6일 등교했던 초등학교 시절, 일요일 아침은 너무나 소중했다. 언니들도 마찬가지였을 것이다. 하지만 부모님의 싸움 소리에 잠이 깬 세 자매는 눈을 떴음에도 불구하고 침대에서 누운 채로 오전을 보내야 했다. 맞는 부분보다 어긋한 부분을 찾기가 더 쉬운 둘이 30년 동안 부부생활을 유지해 온 비결이 궁금해 각각 물어봤다. 아빠에게 먼저 물었다.

- 나니깐 너희 엄마 데리고 살았지.

다음으로 엄마에게 물었다.

- 나니깐 너희 아빠 데리고 살았지.

이럴 땐 부부라는 걸 증명하기라도 하듯 똑같은 답변이 들려온다. 뜻밖에도 질문에 대한 명쾌한 답은 큰언니가 신혼여행에서 돌아온 날, 삼촌들로부터 들을 수 있었다.

결혼하고 신혼여행에서 돌아오는 날에는 집이 왁자지껄해야 잘 산다는 속설이 있다. 하지만 이런 얘기도 다 옛날 일. 친척들은 이런저런 이유를 대며 오지 못한다고 통보를 해왔다. 엄마는 시끌벅적하진 않더라도 맛있는 거나 해먹이고 재워야겠다며 열심히 저녁을 준비했다. 우리 식구들끼리 소박하게 저녁을 먹으려는 찰나, 큰 삼촌네와 작은 삼촌네가 술을 가득 들고 찾아왔다.

- 신혼여행 다녀왔는데 조용히 지나가면 섭섭하지!
- 그래! 이 서방 오늘 밤새 마셔보자!

그들 모두 오후 내내 일하느라 작업복을 입은 채였다. 너무 감사했다. 아무리 미신이고 옛날 전통방식이라지만 내심 찾아와 주길 바랐었기 때문이다. 새 식구가 된 형부도 삼촌들도 날이 새 도록 거나하게 마셨다. 힘이 풀려버린 혀를 통제하면서 삼촌이 말했다.

- 장인어른한테 잘 해야 돼!
- 넵!
- 매형이 우리한텐 아빠야, 아빠!

엄마가 결혼을 하고 1년도 되지 않았을 무렵, 건강했던 외할 아버지는 심장마비로 인사도 없이 갑작스럽게 돌아가셨다. 엄 마는 만삭인 배를 붙잡고 관에 눕혀진 아버지의 얼굴을 울며 몇 번이고 쓰다듬고 만졌다. 당시 삼촌들은 고등학생이었다. 그 후 로 아빠는 5남매의 아빠 역할을 해내려고 노력했다. 이모가 대 학교를 들어가 방을 구하고 이사하는 것도, 공부와는 거리가 멀 었던 삼촌들에게 기술을 가르치고 사고 친 현장을 수습하는 것 도 아빠였다

- 매형이 그렇게 우리 봐줬는데 오늘 우리가 안 올 수가 있겠니?

그런 와중에도 표정 변화 없이 아빠는 소파에 가만히 앉아 TV를 보았다. 그 이야기를 듣고 아빠를 바라보니 무뚝뚝한 성격도 묵직하고 듬직하게만 느껴졌다. 결과적으로 봤을 때 엄마는 외할아버지에게 낚인 것은 아니다. 엄마는 남편에게서 아버지의 모습이 보였기에 지금까지 유지할 수 있었다고 감히 추측해 본다. 그렇기에 우리 아빠도 '정우성'이라는 수식어를 붙일 수 있겠다. 이젠 자신 있게 말해본다.

- 우리 아빠, 정우성 닮지 않았나요?

내면이
단단한 아이

올해의 가장 큰 선물은 조카 또또의 탄생이다. 아기를 좋아하지 않았던 나에게도 눈에 넣어도 아프지 않을 것 같다는 표현을 자주 쓰게 하는 소중한 존재다. 이모 역할은 처음인 막내 이모의 어설픈 재롱에 보조개가 가득하게 웃어주는 또또가 내 머릿속에 있는 수식어 내에서 표현할 방법이 없어 사전을 뒤적여 봐도 없을 정도로 좋다.

언니네에 갈 때마다 눈부시게 커 있는 또또를 볼 때면 문득 어떤 아이로 성장할지 궁금하다.

집안일로 분주히 움직이는 언니에게 또또가 어떤 아이로 컸으면 좋겠는지를 물었다. 언니는 망설임도 없이 내면이 단단한 아이로 크기를 바란다고 했다. 행복만 기원하는 바람보다 더 현실적으로 느껴졌다.

살다 보면 언제나 행복할 수만은 없지 않은가. 역경과 고난이 와도 대수롭지 않게 넘겨버리고 견고히 버틸 수 있는 단단한 내면이 현실에 더 적합한 염원이다. 언니는 자신의 내면이 단단하지 못해 아쉬운 적이 많았다며 또또가 자기 자신을 충분히 사랑할 수 있는 아이로 크기를 바란다고 했다.

만약 나에게 아이가 있다면 어떤 아이가 되길 바랄까? 내가 커오면서 그러지 못해 가장 많이 노력했던 어떤 걸 주고 싶다. 나는 행복을 내가 아닌 타인에 초점을 두며 살아왔다. 내 아이만큼은 그러지 않았으면 한다. 타인의 시선과 무관한 자신의 행복을 추구하다 보면 결국 타인도 내 행복을 언젠가 존중해 준다고, 우선은 나여야 한다고 말해주고 싶다.

타인의 시선을 개의치 않는다는 건, 30대를 코앞에 두고 있는 지금도 과제다. 타인과 무관하게 스스로가 무엇에 행복을 느끼는지 명확히 알지 못했던 나는 늦은 나이에 진로에 대해서 새롭게 고민 중이다돈벌이뿐만 아니라 취미까지도 포함된다. 그나마 다행인 건,

하고 싶고 궁금한 일이 많다는 점이다. 유익해야 하고 무조건 있어보여야 한다는 직업적 강박을 버리고 나니 광범위한 분야가 내 시야에 들어왔다.

지금 이렇게 책 출간을 앞두고 있는 것 또한 진로를 찾는 과정 중에 하나다. 글쓰기뿐만 아니라 자취방을 소소하게 꾸미는 재미에 빠진 요즘은 직접 인테리어를 해보고 싶다는 욕심이 생겼다. 훗날 한적한 시골의 폐가를 장만해 도배부터 미장, 타일까지 직접 공사한 집에서 살고 싶다. 재미로 시작한 일이 돈벌이까지 될지는 모르겠으나 지금껏 해봤던 사무직 외에 몸으로 직접 움직이는 일을 한 번쯤은 배워보고 싶다. 마침 얼마 전, 기술직 자격증을 2개나 취득했다는 아빠에게 2022년에는 도배 학원을 한번 다녀볼까 한다고 말했다. 아빠는 두 눈을 동그랗게 뜨며 목소리를 높여 말했다.

- 은심아, 도배도 전문 기술직이야. 어설피 배워서 할 수 있는 게 아니라고. 그리고 네가 막노동할 수 있을 것 같아? 공기업이나 중견 기업에 들어가야 노후가 편하다고 몇 번을 말해? 언니들 봐. 언니들은 공기업 가고 은행 다니니까 이제 걱정 없이 살 수 있는 거야."

나는 세 자매를 먹여살린 아빠의 기술직을 한 번도 막노동이라 표현해 본 적이 없다. 아빠가 정확히 뭐 하는 사람인지 몰랐던 9살에는 부모님을 소개하는 발표시간에 아빠의 직업을 새마을 사장님으로 말한 적이 있었다. 분명 집에 새마을 로고가 찍힌 수건, 모자, 부채가 많이 뒹굴고 있었기 때문에 아빠의 직장은 새마을, 동네 아저씨들이 아빠를 '이 사장님'으로 불렀으니 아빠의 직급은 사장님으로 답했었다.

엄마는 '새마을'은 틀렸고 '사장님'은 맞다고 했다. 그날 이후로 아빠는 가끔 날 데리고 자신이 직접 공사했던 도로를 드라이브하며 도로 안전선 넓이가 몇인지, 도롯가에 위치한 물체들의 명칭이 무엇인지를 알려주곤 했다. 지금 그때의 아빠 설명을 되짚어 보면 수많은 기술을 터득하고 회사를 설립한 과정이 모두 웅고하다. 그 덕분에 아빠가 직접 지은 2층 집에도 살아보고 수많은 차들이 아빠가 공사한 도로에서 쌩쌩 잘 달릴 수 있지 않은가.

부모의 입장에서 자식이 몸으로 하는 일로 힘들까 봐 걱정되는 마음에 그렇게 말했다는 걸 잘 안다. 하지만 아빠의 기술도 나의 버킷리스트도 사람들이 남 일 말하듯이 표현한 '막노동'이라는 단어에 직업 가치를 두지 않았으면 한다.

아빠가 인정하는 자식의 성공 기준이 공기업인 건, 예전부터 잘 알고 있었다. 이런 말은 정말 미안하지만, 그건 아빠의 성공이지 내 성공이자 행복은 아니다. 처음엔 내가 아빠의 기대에 미치지 못하는 호래자식으로 생각되었던 적도 있었다. 근데 조금만 더 앞날을 생각해도 내 행복은 아니라는 점을 바로 알 수 있었다.

만약 아빠가 꿈꾸는 공기업에 입사했다고 해서 진짜 공기업 입사를 원했던 사람들만큼 직업을 사랑하고 헌신할 순 없을 것이다. 입사 축하 인사와 동시에 아마 퇴사 위로 인사를 받아야 했을지도 모른다. 막내딸 대신에 첫째와 둘째가 기대를 채워주었으니 아빠가 직접 준비해서 입사할 마음이 아니라면 드림 회사에 대한 미련을 털어버렸으면 한다.

- 이젠 막내딸이 삶의 방향을 찾는 모험을 응원해 주세요.

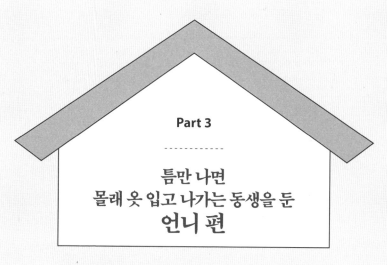

Part 3

틈만 나면
몰래 옷 입고 나가는 동생을 둔
언니 편

80살이랑 86살이랑
형 동생 할 거 같니?

이 소제목은 같이 늙어가는 마당에 형 동생을 나눌 필요가 뭐가 있냐는 아주 깊은 뜻이 담긴 문장이다. 그리고 내가 유행어처럼 언니들에게 자주 쓰는 말이기도 하다. 어른이 되어가는 나이에 겨우 가까워진 우리 자매를 표현하는 말로 아주 적당하기 때문이다.

나와는 다섯 살 차이인 작은언니와 연년생인 큰언니가 그저 장군 같아 보여 늦둥이 막내의 입장에선 언니들이 아빠보다 더 친해지기 어려웠다. 유일하게 같은 학교를 다녔던 시기는 내가 초등학교 1학년일 때다. 초등학교의 최고참이라 할 수 있는 6학년이었던 작은언니는 인싸였기에 막냇동생과의 등굣길을 매우 싫어했다. 엄마는 우릴 등교시키며 작은언니에게 늘 당부했다.

- 동생 좀 잘 챙겨라.

엄마의 당부가 무색했다. 집에서 나오자마자 언니는 물리적 거리두기를 두기 시작했다. 그녀는 친구들과 함께하는 등굣길에서 1학년 나부랭이와 동행하는 게 마치 직장에 사촌동생을 데리고 온 듯이 느껴졌을 수도 있다. 그래서 아직 성장하지 못한 짧은 다리로 빠른 걸음을 하며 언니를 따라가는 수밖에 없었다. 언니는 질 수 없다는 듯이 친구들과 함께 게임하는 척하며 뛰어가곤 했다. 그러면 아무리 짧은 다리로 힘차게 뛰어가 봤자 3분의 1도 따라가지 못했다. 아직도 이 이야기는 언니와 술 마실 때마다 회자된다.

- 언니. 그때 왜 그랬어? 왜 하나뿐인 동생 따돌렸어?
- 내가?
- 가해자는 기억을 못 하는 법이지.
- 넌 꼭 나쁜 것만 기억하더라. 좋은 것도 많았잖아.

언니의 말처럼 언니가 최고참이라 좋은 점도 있었다. 1학년도 마냥 귀여울 것 같지만 나름의 정글 세계였다. 서로 모르는 얼굴이 많기에 누가 강자이고 약자인지를 파악하기 위해 견제했다. 우유를 뺏거나 발을 걸거나 칠판에 '즐!'이라고 써놓기 등이 대표적인 견제 행동이었다.

반에서 너무 조용했고 말을 걸면 제대로 대답도 못했던 나는 약자로 못 박혔고 조금씩 건드리는 애들이 많아졌다. 조용해도 당하기만 하는 성격은 안 되는지라 최후의 수단인 카드를 꺼내 들었다.

- 우리 언니, 6학년인데 다 이를 거야!

1층이었던 교실을 박차고 나와 울면서 5층으로 올라가 언니 교실로 가면 괴롭히던 남자애들이 미안하다고 빌면서 따라왔다. 언니는 또 왔냐는 듯한 표정으로 사태를 파악한 후, 1층 내 교실로 친구 몇몇과 함께 와서 한 마디 쿨하게 남기고 뒤도 돌아보지 않고 갔다.

- 애들아, 나 6학년 O반인데 내 동생 괴롭히지 마라."

'걸크러쉬'라는 단어가 너무 늦게 생긴 게 아닐까? 이게 '걸크러쉬' 아니면 뭔가? 물론 언니가 졸업함과 동시에 언니 소환권이 사라져 혼자 살아남아야 했지만 말이다. 지금은 직장 생활이 힘들다고 해서 언니가 회사로 찾아와 내 동생 잘 좀 부탁한다고 상사의 멱살을 잡아주기를 바라진 못하지만 속 깊은 얘기를 털어놓을 수 있어 좋다.

각자의 길을 책임지고 걷는 만큼 서로 공감할 수 있는 부분이 많아졌다. 5~6살의 나이 차이는 지금에선 서로 해줄 수 있는 게 없지만 언니로서 동생으로서가 아닌 그냥 한 사람으로서 하고 싶은 말들이 많다. 그래서 언니들에게 이제 막내도 징글징글한 20대 후반을 지나고 있다는 걸 알려주고 싶을 때마다 말한다.

- 나중에 내가 80살이 되고 언니야가 86살이 되었을 때, 내가 언니라고 하나 봐라.

그녀의
큰 그림

월급이 들어오는 10일 날마다 월급 루틴으로 로
또를 구매한다. 밥 먹듯이 낙첨되는데 실망한 마
음을 달래기 위해 꼭 구경하는 항목이 당첨자들
소감문이다. 생활이 힘들었는데 당첨되어서 기
쁘다며 감사한 마음으로 쓰겠다는 소감문을 볼
때마다 난 아직 살 만해서 당첨될 운명이 아닌가
생각하며 다시 월급의 노예가 될 준비를 한다.

당첨 소감문 외에도 최다 당첨번호가 무엇인
지 거주지 내 로또 맛집이 어디인지를 빠삭하
게 간파하고 있으며 장래희망이 로또 1등 당첨

인 사람이 있다. 바로 큰언니다. 다른 날과 다르지 않게, 자기 전에 스마트폰으로 시간을 죽이던 어느 날이었다. 큰언니에게서 다급하게 카톡 하나가 날아왔다.

'은심아! 진짜 짜증난다! 이번 주도 연금복권 떨어졌다.'

이미 미리보기로 내용을 다 봤지만 뭘 새삼스럽게 복권 떨어진 걸로 이렇게 난리인가 싶어서 안읽씹으로 답장했다. 복권의 다른 말은 '혹시'이기도 하지만 '역시나'이기도 하다. 5천 원만 당첨되어도 혹여나 한 달 치 행운을 당겨쓴 건 아닌지 걱정될 만큼 낙첨은 일상이다. 안읽씹임에도 불구하고 언니는 어림도 없다는 듯 끊임없이 할 말을 대화방에 남겼다. 그다음 남긴 말에 반쯤 감긴 두 눈이 동그랗게 떠지면서 무의식적으로 손가락이 채팅방으로 향했다.

'당첨번호가 다 내 번호랑 1개씩 밖에 차이가 안 나! 미치겠다!'

언니는 매주 연금복권을 똑같은 번호로 산다. 지난주에 선택한 번호가 그 주에는 낙첨되었는데 이번 주에 당첨되면 배가 많이 아플 것 같다는 아주 심플한 이유였다. 언니가 다급하게 카톡했던 주에는 언니의 번호가 예를 들어 1, 12, 19, 27, 33, 41이 었다면 당첨번호가 2, 11, 18, 28, 34, 40이었다. 아무래도 복권의 여신이 언니가 고른 번호를 지켜보다가 놀리기라도 하듯 일부러 빙향을 달리했다고 해도 믿을 정도였다.

언니가 복권에 얼마나 진심인지 잘 알기 때문에 너무 안타까웠다. 주말부부도 아닌 월말부부인 언니는 1등 당첨과 함께 직장을 당장 관두고 형부가 살고 있는 경기도로 떠날 계획을 가시고 있었다. 가족 중에서 복권에 신심인 사람은 큰언니 외에도 2명 정도 더 있다. 그중 한 명이 엄마이다. 살면서 복권에 투자한 금액만 50만 원 상당인 것에 비해 그 흔한 5천 원도 한 번 당첨되지 않았다고 한다.

그럼에도 불구하고 엄마의 지갑에는 언제나 복권 종이가 지갑의 주인인 것처럼 한자리 차지하고 있다. 엄마는 좋은 꿈에 의지를 많이 했다. 눈이 펑펑 내려오던 겨울 아침에, 아빠가 밥을 먹으며 오늘은 좋은 꿈을 꾸었다고 했다. 엄마의 눈빛이 갑자기 초롱해지며 어떤 꿈이었는지를 물었다.

- 돼지꿈이었던 것 같은데…….
- 그만 말해. 그 꿈 내가 살게. 여기 5만 원. 진짜 좋은 꿈 맞지?
- 돼지꿈이었다니깐!

그렇게 엄마는 꿈에 5만 원, 복권에 1만 원, 총 6만 원을 투자했다. 그리고 당첨 결과가 나온 후, 아빠의 꿈 가게에 발길을 끊었다. 그리고 얼마 후, 늦은 저녁 아빠와 과일을 깎아먹으며 텔레비전을 보고 있던 날이었다. 안방에서 자고 있던 엄마가 부리나케 일어나 겉옷을 챙겨 입고 눈보라를 뚫으며 집을 나섰다.

- 이렇게 눈이 많이 오는데 엄만 어딜 가는 거지?
- 복권 사러 갔겠지. 이번엔 무슨 꿈 꿨으려나.
- 아빤 어떻게 알아?
- 척 보면 알지.

돌아온 엄마는 꿈에서 똥을 밟자마자 자리에서 일어났다고 했다. 엄마는 꿈보다는 아빠의 예지력을 더 믿어야 할 것 같다. 복권에 진심인 나머지 한 명은 바로 나다. 무심코 산 로또 하나에 4등이 당첨된 날의 그 손맛을 절대 잊을 수 없다.

처음에는 당연히 낙첨일 거라는 생각에 결과를 보지도 않았다. 일주일이 지난 주말 아침에야 침대에서 뒹굴거리다 지갑에서 잊히고 있던 복권이 생각났다. 그래도 처음 샀는데 결과는 봐주는 게 복권에 대한 예의라 생각했다. 당첨번호를 먼저 확인했다. 1, 12, 22, 34, 35, 39였다. 그리고 내 복권 종이에 1을 발견하고는 우연이라 생각했다. 12를 확인하고 좋은 우연, 22를 확인하고는 본전은 찾겠다 생각했다. 그리고 34를 보고는 몸에 소름이 돋기 시작했다. 6개 중에 4개가 맞았다. 3분에 2를 맞췄는데 당첨금이 최소 백만 원은 될 거라는 생각에 무의식적으로 소리가 기어나가는 입을 틀어막았다. 무슨 심리였는지는 모르겠지만 직후에는 엄마, 아빠에게 당첨 사실을 알리지 않았다. 그리고 상금이 5만 원인 걸 알고 김이 푹 빠지면서 이 사실을 알렸다. 그러자 아빠는 자신이 시운할 포인트를 정확히 짚었다.

- 은심이. 당첨 사실을 처음에 숨겼다는 거네! 진짜 서운하다.
- 그러게. 엄마, 아빠가 돈을 빼앗겠니? 뭐하겠니?

변명처럼 들리겠지만 나름의 서프라이즈를 할 계획이었다. 그 찰나의 순간에 세운 계획은 이랬다.

1. 당첨금 수령과 함께 가족들 단체 채팅방에 아무 멘트도 없이 백화점 지점과 시간을 찍는다.
2. 백화점 앞에 모인 가족들을 명품관으로 데리고 간다.
3. 카드를 쥐어주며 말한다. "1인당 500만 원이야. 편하게 쇼핑해."
4. 유유히 자리를 떠난다.

우리 집
아픈 손가락

나는 아빠를 닮았다는 말을 좋아하지 않는다. 엄마와 아빠의 결혼식 사진을 보면 아빠는 진짜 엄마에게 절하면서 살아야 한다는 말을 귀에 딱지가 앉을 만큼 들었을 정도이다. 엄마에 비해 아빠는 그닥인 외모였기 때문이다. 어렸을 땐, 누가 봐도 엄마 딸이었기 때문에 아빠 닮았다는 말은 한 번도 들은 적이 없지만 어른이 될수록 아빠 딸이 맞다는 말을 간혹 들을 때가 있다.

- 은심이 갈수록 아빠 닮아가네. 웃는 게 똑같아.

- 어디 가요? 그럴 리가요!

　부정적인 반응과 함께 부리나케 거울로 달려가 얼굴 이곳저
곳을 살펴보는 내 반응이 너무 익숙한 아빠는 기분 나쁜 기색
없이 무표정으로 일관했다. 이처럼 애써 부정하려는 나와 반대
로 아빠와 닮았다는 말을 겸허히 받아들이는 사람이 있다. 바로
큰언니다. 큰언니는 '첫째는 무조건 아빠를 닮는다'는 말이 그
대로 반영된 얼굴을 가졌으며 성향까지도 비슷하다.
　가족 내에서는 이 둘을 '쩔쭉이내가 아빠를 놀리던 별명이다들'이라
부르고 나머지는 '동그라미들'로 부른다. 동그라미들에 속하는
엄마와 나 그리고 작은언니가 들으라는 듯이 보수적인 성향을
가진 둘이 뉴스를 볼 때, 엄청난 케미를 자랑하곤 한다.

- 요즘 정치가 저러면 안 돼! 저러면 나라 경제가 다 죽지!
- 그러니깐 내 말이!

　가족 내에서 리더형에 속하는 쩔쭉이들은 자존심도 장군감
이라 서로 싸우기만 하면 한 달도 넘게 말을 하지 않을 때도 있
다. 일반적으로 부부들이 티끌 같은 문제로 싸우듯이 쩔쭉이들
도 사소한 일로 싸우곤 했다. 어느 날은 쓰레기 버리는 걸로 싸

웠던 적이 있었다.

아빠는 억수같이 비가 쏟아지던 날씨에 쓰레기를 굳이 버리러 가겠다고 고집을 피웠고 그런 아빠가 걱정되었던 언니는 아빠를 말리다가 둘이 한바탕 싸웠다. 해리포터와 볼드모트는 엄마를 사이에 두고 한 달이 넘도록 대화를 하지 않았다. 누가 해리포터고 볼드모트인지는 노코멘트하겠다.

- 엄마, 아빠 보고 약 먹었는지 물어봐 줘.

무슨 코미디 장면처럼 3명이서 한 장소에 있지만 마치 다른 장소에 있는 것처럼 엄마가 부엉이가 되어 말을 전달했다.

- 들었지? 바로 옆에 있는 이 딸이 약 먹었는지 묻네.
- 안 먹는다고 전해라, 큰딸한테.
- 안 먹었다고 하네.
- 약 제때 안 먹으면 다시 아플 수 있다고 전해줘. 그리고 밥 먹고 바로 누우면 수술한 거 도루묵이라고도 전해줘.

사실 세 자매 중에서 싫으나 좋으나 엄마와 아빠를 가장 가까이에서 챙기는 건 큰언니다. 인터넷으로 필요한 물건을 사는 것도 백신 예약이 힘들었을 때 광클로 예약을 따냈던 것도 아빠가 아파 서울로 병원을 다녔을 때에도 가장 발 벗고 나섰던 사람은 세 자매 중에 큰언니였다. 앉아서 걱정만 했던 나와는 차원이 다른 대응이었다.

의도치 않은 처가살이 중인 언니 덕분에 자취를 하면서도 엄마, 아빠의 걱정을 크게 하지 않는다. 이기적인 사람이라고 날 욕해도 할 말은 없지만 언니는 단 한 번도 날 원망하는 말을 한 적이 없다. 오히려 이직하는 회사가 본가에서 거리가 꽤 멀어 자취해야 한다고 아빠에게 내 자취를 피력했던 사람도 큰언니였다.

큰언니의 보살핌 대상에는 부모님만 포함된 건 아니다. 큰언니는 밑에 동생 둘까지도 포함한 가족들을 알게 모르게 케어해 왔다. 막냇동생의 자취방 이사 소식에 아침부터 달려오는가 하면 작은언니의 출산 소식이 들리자마자 조카가 100일 때 입을 한복까지 손수 제작해 왔다. 언니의 이런 케어들은 장녀에게서만 나오는 당연한 이야기인 줄로만 알았다. 어느 날 언니들이랑 카페에서 이야기하면서 그게 당연한 게 아님을 알았다.

- 큰언니는 MBTI 검사하면 분명히 계획적인 J가 들어갈 거야.

- 왜?

- J니깐 가족여행이나 무슨 일이 있으면 철두철미하게 알아보

고 하겠지?

- 나 즉흥적인 P야…….

큰언니도 장녀라 자연스럽게 나오는 행동이 아니라, 노력이 었다는 걸 알았다. 예전에 엄마가 큰언니를 자식 3명 중에서 가 장 아픈 손가락이라고 했을 때, 나는 왠지 서운했다. 엄마는 큰 언니도 어린애였는데 밑에 동생들이 있다는 이유로 너무 빨리 어른스러움을 강요했다는 게 미안하다고 말했다. 그럴 때마다 온전히 내 편을 들어주지 않는다는 생각에 엄마에게 서운하게 만 느꼈었다.

큰언니에게 받았던 것들이 당연한 게 아니라 노력이라고 생 각하자 엄마가 느꼈던 것처럼 나도 큰언니에게 장녀를 강요하 고 있었던 것 같아 미안했다. 그래도 적극적인 딸이자 동생이 되 겠다고 말은 못 하지만 엄마의 가장 아픈 손가락 자리 정도는 양 보할 수 있다.

내추럴한
효도

옷이든 화장이든 액세서리든 화려한 것보다는
자연스럽고 심플한 걸 좋아한다. 표면적으로 청
초한 내 화장법에 비해 집에 수두룩하게 쌓인
화장품을 보고는 친구들이 꽉 찬 깡통 치고는
전혀 요란하지 않다며 놀라워했다. 화려한 게 어
울리는 사람이 아니기도 하지만, 가족들 가운데
화려하게 치장하는 사람이 한 명도 없어 조금만
액세서리를 더해도 뭔가 튄다는 느낌을 강하게
받기 때문이다.

최대한 내추럴하게 살다가 한 번쯤은 좀 일탈

적인 스타일을 해보자고 시도했던 게 바로 피어싱이다. 그게 최대치다. 한쪽 귀에 딱! 1개만 뚫었음에도 불구하고 어른들에게 내 피어싱은 언제나 신기한 문물이었다. 피어싱 자체를 신기하게 보기보다는 피어싱을 했다는 그 용기를 오히려 더 궁금해하는 듯했다.

  - 은심이 피어싱했을 때, 엄마한테 안 혼났니?
  - 옛날 너희 엄마 성격이었으면 난리 났을 텐데, 이번엔 뭐라
    안 했니?

작은언니가 커온 배경을 모두 봐온 사람이라면 그럴 수 있다. 화장에 전혀 관심 없는 큰언니와는 달리 작은언니는 화장, 액세서리, 옷에 관심이 굉장히 많았다. 인싸였던 만큼 유행하는 잇템들은 작은언니가 꽤 가지고 있었다. 지금 생각하면 그 언니가 그 비싼 메이커 바지와 메이커 신발을 어떻게 가졌는지 의문이다. 물어보고 와야겠다. 방금 물어본 결과, 엄마를 들들 볶았다고 칼답이 왔다. 그때의 언니가 대단하다. 당시 내가 알고 있는 천하무적의 엄마를 들들 볶는다고 해서 그런 잇템을 사주었다는 자체가 놀랍다.

엄마는 언니들의 멋에 관련해서는 칼 같은 사람이었다. 똑같

은 교복에 똑같은 단화를 신고 등교하던 작은언니의 중학교 시절, 언니는 단화의 굽을 1cm정도 높여 수선한 채로 집에 왔다. 엄마의 레이더망에 1cm가 포착된 순간, 정적이 잠시 흘렀다. 엄마가 단화를 유심히 살피더니 언니에게 성큼성큼 걸어갔다.

- 이거 뭐야?
- 뭐가?
- 이게 단화야? 구두지!

엄마는 식탁에 단화를 냅다 던졌다. 식탁 유리가 깨지지 않은 게 다행이었다. 1cm가 불러온 참사였다. 1cm의 단발도 양보하지 않는 정확한 엄마였다. 중학교에서 두발 단속이 심했던 언니들은 미용사분께 조금이라도 길게 잘라달라고 부탁했지만 엄마는 어림도 없는 소리 말라며 미용사분께 칼같이 잘라달라 했다. 언니들의 머리는 귀밑 1cm가 되어버렸다.

그렇게 빡빡했던 엄마는 예상외로 내가 꾸미기에 관심을 시작했을 때, 크게 간섭하지 않았다. 대신 엄마는 지능적으로 날 혼냈다. 중학생 때, 친구들 사이에서 목이 잔뜩 파인 티셔츠에 민소매를 받쳐 입는 패션이 유행했었다. 어깨가 살짝 내려오면 괜히 섹시해 보인다고 생각했다. 시내로 놀러 간 김에 그 티셔츠를 큰맘 먹고 샀다. 엄마에게 걸릴까 봐 몰래 옷장 맨 아래 넣어두었는데 다음날 눈 떠보니 엄마가 그 옷을 입고 설거지를 하고 있었다.

- 엄마······. 그 티셔츠······. 내 건데······.
- 옷장 봤는데 목이 이렇게나 늘어진 티셔츠가 있길래 오래된 옷인가 해서 집안일할 때 입으려고 했지. 찌찌 다 나오겠다.

엄마의 오해로 인해 그 티셔츠는 생활복에서 잠옷으로 그리고 걸레의 역할을 마지막으로 유종의 미를 거둔 다음에야 버려질 수 있었다.

오히려 간섭은 아빠가 더했다. 수능이 끝나자마자 귀를 뚫었는데 아빠의 눈에는 그게 그렇게 불효일 수가 없었다.

- 엄마랑 아빠가 예쁘게 낳아준 귀에 왜 구멍을 뚫는 거야?
- 귀 하나 뚫었는데 불효녀 취급한다고?

아빠는 치장을 불효와 직결시켰다. 대학생 때, 아빠가 차로 기숙사까지 데려다준 날이었다. 기숙사를 올라가던 중에 금발의 여학생이 걸어가고 있었다. 아빠가 혀를 차기 시작했다.

- 부모님이 열심히 공부하라고 준 용돈을 저렇게 머리 노랗게 탈색하는 데에 쓰니깐 문제야, 문제! 요즘 애들이 돈 아낄 줄을 몰라요! 은심이 너 탈색하기만 해봐! 용돈을 끊어버릴 거야!

그 학생을 앞지르면서 얼굴을 보았는데 서양계의 백인 학생이었다. 누가 봐도 본 투 비 금발이었다. 아빠는 당황한 듯한 한마디를 남겼다.

- 어? 외국인이었네.

상황이 역전되었다. 방금까지 아빠가 한 표정을 내가 지으며 잔소리를 장전했다.

- 아빠 그게 문제야. 사람을 끝까지 보고 판단하던가 해야지! 그리고 내가 운전하면서 주변 좀 그만 살피라 했지? 차 탈 때마다 불안해 죽겠어, 진짜!

뜻밖의 효도를 하다 보니 어느새 내 옷장과 화장대에는 캐주얼하고 편한 아이템들이 많다. 엄마, 아빠 말이라면 귀부터 닫는 딸이지만 이렇게라도 효도할 수 있다는 게 어딘가.

공개
연애

언니들은 모두 장수커플에서 부부로 진화했다. 큰언니는 대략 3년, 작은언니는 7년의 연애 끝에 결혼했다. 물론 세상 사람은 다 알아도 부모님만 모르는 비밀 연애였다. 딸들의 연애에 대한 부모님의 언급은 딱 하나였다.

- 결혼할 사람 아니면 데리고 오지도 말아라.

세 자매는 그 말만큼은 잘 지켰다. 그래서 온갖 친구들의 이름을 빌리거나 악착같이 기숙사에서 살아남는 방법으로 몰래 연애해왔다. 그러다 보니 부모님과 각자의 짝지와의 첫 인사는 모두 타의적이었다. 큰언니가 남자친구였던 큰형부를 소개했던 계기는 교통사고였다. 큰형부의 차를 타고 여행에서 돌아오던 길에 교통사고를 당한 것이다. 연락을 받고 뛰쳐나간 부모님은 교통사고에 한 번, 연애 소식에 두 번 놀랬다. 첫인사가 교통사고였으니 2배로 공을 들이느라 형부가 고생이 많았다. 그로부터 얼마 후, 식사 자리를 따로 잡아 언니가 아닌 형부기 먼저 결혼 공을 쏘아 올렸다.

- 큰 따님과 결혼하고 싶습니다!

나는 요즘 말로 팬티 벗고 소리를 지를 뻔했으며 작은언니는 잇몸이 쏟아질 듯한 입을 틀어막으며 기뻐했다. 반면에 엄마는 먹던 숟가락을 멈춰 세우며 침착하게 물었다.

- 언제로 생각하고 있는가?
- 내년 초입니다.
- 어머나……

엄마는 숟가락을 털썩 내려놓았다. 부모님의 입장에선 놀랄 수밖에 없었다. 얼마 전까지만 해도 우리 딸들은 연애보다는 일을 택한 '커리어 우먼'으로 알았으니 말이다. 큰형부의 엄청난 실행력에 그들은 결혼까지 골인할 수 있었다.

작은형부의 타의적 만남에는 나도 현장에 있었다. 부모님이 출근한 사이에 작은언니와 나만 남은 집에 작은형부를 불러 치킨을 시켜먹었다. 치킨이 막 도착해 포장을 뜯고 있을 때쯤, 도어록 비밀번호를 누르는 소리가 들렸다. '삑삑삑-' 형부는 그 짧은 새에 얼굴이 새하얗게 질렸다. 나는 형부에게 급하게라도 2층 창고방에 숨으라고 했다. 어쩔지 몰라 우왕좌왕하고 있을 때, 작은언니는 아빠 등장과 함께 자신의 남자친구를 침착하게 소개했다.

- 아빠, 왔어? 내 친구야. 인사해.
- 안녕하세요.
- 그래. 안녕…….
- 아빠도 치킨 먹을래?
- 아니. 너희나 많이 먹어라.

형부는 창백한 얼굴로 치킨이 콧구멍으로 들어가는지 눈구멍으로 들어가는지도 모르고 꾸역꾸역 먹기만 했다. 가시방석을

탈출하기 위해 그는 일찌감치 집을 나섰다.

- 저 이만 가보겠습니다.
- 더 놀다 가지 그래?
- 아닙니다! 안녕히 계십시오!

안 그래도 약해 보이는 형부는 그날따라 더욱 병약해 보였다. 아빠는 그걸 또 캐치했는지 작은언니에게 애가 어디 아픈 건 아닌지 물어보며 영혼을 잃은 동태 같은 눈을 보았다고 말했다. 그날 이후 작은언니와 동태 형부는 얼마 후, 결혼 발표를 목적으로 부모님과 날 끼워 넣어 영덕으로 여행을 갔다. 말을 꺼내지 못하는 동태 형부를 대신해 작은언니가 돌아오는 휴게소에서 부모님에게 퀴즈로 결혼 발표의 입문을 텄다.

- 우리 연애한 지 얼마나 지났는지 맞춰 봐.
- 한……, 3년?
- 땡! 우리 연애한 지 7년 지났어. 이제 결혼해야지.

엄마의 얼굴에 존재하는 모든 구멍이 크게 열렸다. 그날의 형부는 어찌할 줄을 몰라 멋쩍은 미소만 띠고 있었다. 동태 형부도 결혼을 위해 2배로 노력했다.

언니들은 부모님이 왜 결혼할 사람이 아니면 데리고 오지도 말라고 한 건지 이해가 되지 않는다고 했다. 그러면서 내 연애만큼은 100일 정도 지났으면 자연스럽게 부모님께 공개하라고 했다. 언니들이 도와준 덕분에 자연스럽게 공개는 했으나 아직 갈 길이 멀다. 자취방에 부모님이 놀러 오는 날, 늘 부적처럼 쓰는 대사가 있다.

- 이 집에 남자친구 데리고 오고 그러는 거 아니겠지? 데리고 오는 그날이 바로 방 빼고 집으로 돌아오는 날이다.
- 아니, 개도 개 집이 있는데 왜 데리고 오겠어.

남자친구가 조립해 준 가구들이 가득한 자취방을 떠올리며 뻔뻔하게 대답했다. 연애를 하면서 어떻게 자취방에 한 번 초대를 안 할 수가 있단 말인가. 그건 예의가 아니다. 그래도 한꺼번에 너무 많은 변화들은 부모님도 받아들이기 어려울 수 있으니 다른 건 차차 하나씩 헤쳐나가기로 했다.

Part 4

- - - - - - - - - - - -

우리 집 유일한 20대
막내 편

코데렐라

회사생활 중에 점심을 먹으면 시답지 않은 이야
기들을 직원들과 나누게 된다. 연애부터 직장 생
활, 취미까지 주제를 종잡을 수 없는 수다가 쏟
아져 나오는데 그 날은 '시술'이 점심 키워드였
다. 시술 경쟁이 시작된 건 한 직원이 눈부터 코,
얼굴 윤곽까지의 시술 경험을 털어놓으면서부
터였다. 보톡스 2번밖에 받지 못한 나는 명함도
못 내밀었다. 그래도 종아리 보톡스 경험은 아무
도 없겠지 하면서 마지막 카드를 꺼내들었지만
그건 여름의 필수 시술이라며 콧방귀를 뀌었다.

결국 1차 예선부터 탈락이었다.

사실 외적으로는 '분수에 맞게 잘 태어났다'라고 생각하는 편이었다. 딸 부잣집 늦둥이 막내 이름값은 할 정도로 적당한 외모를 가졌다고 생각했다. 모두가 말하는 내 이목구비 중 통통한 콧볼살을 자랑하는 코만 빼면 말이다. 늦둥이였던 나는 학교에 간 언니들과 어울릴 수 없어 동네 인싸인 엄마의 계모임을 자주 따라갔다. 엄마 옆에 꼭 붙어 계모임 장소인 식당에 입장하면 엄마 친구들은 늘 한결같이 말했다.

- 어머나, 예쁘네. 다 예쁜데 코만 오똑하면 딱! 좋겠네.

엄마 친구들은 육아 경력으로 다져진 어린이 코 세우기 노하우를 내 코로 시범을 보이며 하나씩 공유했다. 콧대를 어릴 적부터 조물조물거리면 높아진다거나 세수할 때, 코 주변을 세게 마사지하면 코가 작아진다는 등의 다양한 노하우들이 오갔다. 나는 하나의 돌하르방이 되어 아주머니들의 시범을 겸허히 받아들였다. 오똑한 코의 필요성을 몰라 빨개진 코를 씰룩거리며 아주머니들이 하는 열변을 한 귀로 듣고 한 귀로 흘렸다.

오똑한 코가 예쁘다고 느끼기 시작한 계기는 아무리 눌러 세워도 가망이 없을 나이 즈음에 남들이 찍어준 사진 때문이었다. 셀프로 찍은 사진은 셀프 사진 코칭과 주관적인 시선이 들어가서 그런지 복코가 전혀 돋보이지 않았다. 그러다 남이 찍어준 사진을 확대해서 보면 유독 코기 내 신경에 꽂힐 때가 많았다.

코 성형이 늘 마음 한편에 남아 있기는 하지만 아직 견적도 받으러 가보지 못한 이유 중 하나가 굽은 팔 때문이다. 한 가지 예술품도 보는 사람의 감정에 따라서 여러 의미로 해석될 수 있지 않은가. 명절만 되면 내 코는 전시회의 작품이 된다. 외깃집 거실 한 가운데 날 앉혀놓고 이모와 외숙모와 삼촌들은 열띤 논쟁을 펼치기 시작한다.

- 성형은 위험해. 시술로 해야 된다니깐?
- 아니지, 시술은 일시적이니깐 돈 좀 주더라도 성형이 낫지.
- 그건 위험해서 그렇지! 화장 기술이 요새 얼마나 좋은데.

피 튀기는 논쟁이 계속되는 가운데 갑작스러운 굽은 팔의 하늘하늘한 목소리가 수많은 목소리를 비집고 나타난다. 바로 외할머니다. 외할머니는 말이 많으신 편은 아닌데 반드시 필요하다고 생각하시는 말은 여러 번 반복하여 강조하신다. 목소리는 작지만 귀에 딱지가 앉을 정도로 반복하는 덕분에 목소리가 큰

이모와 삼촌들의 대화 가운데에 강한 존재감을 피력하실 수 있었다. 보통 식구들과의 수다보다는 연속극을 보며 과일을 드시는 쪽을 더 선호하시는데 그 날의 대화에서 성형 키워드가 나오자 할머니는 연속극에서 시선을 거두고 새로운 방법을 제시하셨다.

  - 무슨 성형이야? 은심이는 복코야, 복코! 일생에 복이 다 들어가 있는 복코야, 복코! 성형하면 복이 날아갈 거야. 은심이는 성형하면 안 돼. 복코야, 복코!
  - 그런 게 어딨어요, 할머니. 이 정도 복이면 로또 1등 당첨인데.

나의 소심한 반박에도 불구하고 작별인사하는 그 순간까지도 할머니는 복코를 강조하셨다. 나는 결국 백기를 들었다. 성당 다니라는 말보다 더 반복하며 평생 복이라고 말씀하시는데 무서워서 손을 댈 수가 없었다. 복코라는데 괜히 성형으로 건드렸다가 로또 맞을 행운을 남 주는 거 아닐까 하는 생각에 불안했다.

돌이켜보면 할머니는 지능적으로 성형을 반대하신 것 같다. 단순히 '복코가 예쁜 코다'라고 주장하셨으면 전혀 타격감이 없었겠지만 '평생의 복이 코에 다 들어가 있다'라고 말씀하시니 더 소중히 지켜야겠다는 다짐까지 하게 한다. 어른들의 삶의 지

혜가 대박이다. 덕분에 27년간 행운들을 잘 보존하고 있다. 그에 따른 대가로 다양한 별명을 얻었다. 일반적으로는 변화를 주는 선택을 했을 때, 대가가 오는 편이 아닌가? 마침, 작은언니로부터 메신저가 왔다.

'코데렐라, 뭐하는가?'

전 저를
믿습니다

우리 집은 절과 교회 사이에 위치해 있다. 아무래도 위치적으로 가깝다 보니 서로 경쟁의식을 느끼는지 주말이면 각자의 기도 소리에 귀가 시끄럽다 못해 어지럽다. 절에서 스님이 목탁을 두드리며 '나무아미타불' 기도 소리가 들려오면 건너편 교회에서는 이대로는 질 수 없다는 듯이 엄청난 큰 목소리의 찬송가 노래가 터져 나온다. 그러면 스님들은 목탁이 깨질듯이 비트를 있는 대로 쪼개며 기도를 더 큰 목소리로 이어간다.

주말 아침마다 필요 없는 모닝콜이 들리면 베

개로 귀를 틀어막아 보지만 번번이 다시 잠들기는 글렀다. 침대
에 퍼져 있는 몸들을 가까스로 주워 담으며 다들 주말마다 어찌
그리 부지런한지를 감탄했다. 주말 아침마다 오전 예배를 드리
러 가본 경험사로서 그런 분들을 굉장히 리스펙트 respect 한다.

한때는 나도 종교가 있었다. 외할머니의 자손이라면 반드시
성당을 다녀야만 했다. 뼛속 깊숙이 천주교인이신 외할머니의
손에는 항상 묵주가 쥐어져 있었으며 성당을 다니라는 권유로
는 만나면 반갑다고 성당, 헤어질 때 또 만나자고 성낭을 말씀
하셨다.

> - 아이고, 우리 손녀 왔네. 요새 성당은 다니니? 다녀야지. 그래야
>   예쁜 사람이지.
> - 그래, 조심해서 가거라. 성당 다니는 거 잊지 말고!

주말마다 성당 셔틀버스에 올라타며 내가 왜 성당을 다녀야
하는지에 대해서 항상 생각했었다. 피할 수 없으면 즐겨야 하니
쥐어 짜내서라도 가야 하는 동기를 생각해 보자는 취지였다. 결
론은 미사 시간마다 나눠주는 밀가루로 만든 작고 얇은 성체와
스테인드글라스 창문을 통해 들어오는 알록달록한 햇빛 아래에
하얀 미사보를 머리에 얹은 내 모습에 대한 기대 때문이었다.

먼저 세례를 받은 언니들이 신부님에게 성체를 받아먹고 미사보를 쓰고 기도하는 모습이 내 눈에는 그저 어른스럽고 다 큰 어린이의 특권처럼 느껴졌다. 성당을 다녀온 언니들의 미사보를 몰래 얹어보기도 하고 빵을 꾹꾹 눌러 흉내 낸 성체를 가지고 놀기도 했다. 내가 미사보를 쓸 나이만큼 되었을 때, 첫영성체세례를 받은 뒤 처음으로 하는 의식를 받기 위해서는 엄청난 장문의 기도문을 외워야 한다는 필수 관문을 알게 되었다. 나는 학교 시험보다도 더 열심히 외웠다. 집에서 기도문을 외우고 있으면 가만히 듣고 있던 아빠가 꼭 한 마디씩 거들었다.

- 하늘에 계신 우리 아버지, 아버지의 이름이 거룩히 빛나시며……
- 가만히 살아 있는 아버지를 골로 보내라. 아주 그냥.

불교신자였던 아빠는 세 자매의 첫 종교를 삐딱한 시선으로 보았다. 모태신앙이었던 엄마의 천주교 신념을 뒤엎은 사람이 아빠였다. 아빠는 결혼할 때부터 계획이 다 있었다. 수녀가 꿈이었던 엄마를 유혹하기 위해 아빠는 불교 신자임에도 불구하고 결혼 후에도 아내와 함께 하느님을 믿겠다는 의미로 혼배미사를 올렸다. 그리고 결혼에 골인함과 동시에 엄마에게 1만 원을 쥐어주며 성당에서 졸업장을 받아오자고 했단다.

　엄마는 빠져나갈 구멍 없이 불교에 불며들 수밖에 없었다. 내 눈에 엄마는 그걸 운명이라 생각하고 저항 없이 자연스럽게 받아들이는 듯했다. 이제 엄마는 무슨 일이 있을 때마다 하느님보다는 부처님을 애타게 찾는다.

　- 아이고, 세상에. 부처님.

　집안일이 잘 풀리지 않아 식구들의 표정이 하나같이 무겁기만 했던 시절, 엄마는 자연스럽게 부처님을 찾았다. 하루는 학교 갔다가 집에 오는데, 어두컴컴한 골목길에 우리 집만 지나치게 밝고 창문이 죄다 열려 있었다. 구경하는 동네 사람들을 뒤로하고 집 안으로 들어왔는데 발 디딜 틈도 없이, 사방으로 팥이 뿌려져 있었다.

　손바닥에 불이 날 정도로 기도하는 엄마와 아빠 옆에 스님이 집 안을 돌아다니시며 목탁을 두드리고 알 수 없는 말을 이어가고 있었다. 난 발로 팥을 잘근잘근 밟으며 방으로 들어갔다. 팥을 밟을 때마다 어찌나 아프던지 자연산 발마사지 매트가 따로 없었다.

모든 의식이 끝난 후, 엄마는 다른 설명보다는 외할미니에게
는 절대 알리지 말라며 신신당부를 했다. 집 안을 한바탕 뒤덮
은 기도가 끝난 후, 팥을 청소하느라 밤을 새웠다. 아무리 열심
히 청소해도 팥은 몇 년이 지나도록 계속해서 발견되었다. 침대
에 누워있다가도 소파에 앉아있다가도 밥을 먹다가도 발 밑에
팥이 한 두 알씩 밟혔다. 심지어 화장실 하수구에서 발견한 팥
은 수분 때문인지 싹을 피운 채로 발견되기도 했다. 의식 자체
보다는 잊을만하면 어디 숨어 있다가 자꾸 또르르 굴러 나타나
는 건지 모르겠는 팥이 더 무서웠다.

　　엄마는 그렇게 불교를 믿으면서 의아하게도 나를 성당에 보
냈다. 나를 천주교의 최전방으로 내세우고 할머니에게 아직도
하느님을 믿어 의심치 않는다는 걸 보여주기 위함이라고 짐작
해 본다. 내가 기도문을 열심히 외우는 동안 할머니는 엄마에
대한 경계를 낮췄다. 그리고 얼마 후 엄마는 종교적 자유를 얻
었다. 내가 엄마를 지켜준 몇 없는 귀중한 사례라고도 할 수 있
겠다.

공부
서사

나는 초등학교 1학년 때부터 3학년 때까지 방과
후에도 남아서 학습시키는 나머지 공부반의 '단
골손님'이었다. '나머지 공부반'을 잘 모르는 사
람들이라면 우등생이라고 오해할 수 있어서 미
리 말해두지만 성적 우등생을 늦게까지 잡아두
는 고등학교와는 달리 초등학교는 성적이 좋지
않은 아이들을 늦게까지 남겨두고 추가 숙제를
내주었다. 쪽지 시험이나 받아쓰기가 있는 날이
면 회사 제안 PT를 앞둔 사람처럼 잠에 들지 못
했다.

성적으로 선생님들이 차별하고 편애하는 걸 직접 봐오기도 했다. 공부 잘하는 아이들은 "수지야~ 수민아~"와 같이 성을 붙이지 않고 억양 끝에 물결이 들어갔지만, 성적이 끝에서 노는 아이들은 성과 함께 물결 대신에 느낌표 억양의 "지은심!"으로 불렸다.

나머지 공부만 어떻게 넘기면 공부로 인한 스트레스는 전혀 없었다. 엄마도 별로 개의치 않았다. 학교에서 학부모 총회로 인해 나머지 공부반이 문을 닫아 일찍 하교한 날이면 엄마는 그저 '네가 왜 이 시간에 집에 와?'라는 표정으로 바라보는 게 전부였다. 하지만 너무 오랫동안 방심했던 탓일까? 2학년 1학기 성적표를 들고 가던 날에 엄마가 드디어 파리채를 잡았다.

방송인 홍진경이 유튜브에서 서울대학교 학생들을 인터뷰했을 때, 대부분의 학생들이 부모님이 공부 간섭을 전혀 하지 않았다고 말했다. 이를 미루어 봤을 때, 엄마가 잡은 그때 그 파리채가 내가 서울대를 가지 못한 또 하나의 이유가 될 수 있겠다. 말아먹은 성적표를 놓고 한참이나 고민하던 엄마와 아빠가 나에게 핫딜 하나를 제안했다. 당시 대부분의 부모들이 그러하듯, 보상 아이템을 하나 내걸은 것이다.

- 은심이 받아쓰기 다음에 70점 이상 받아오면 소원 하나를 들
  어주마!

솔깃한 제안이었다. 충분한 동기가 될 법한 소원을 생각해 두
고 선생님이 받아쓰기 시험을 내주기만을 기다렸다.

'드루와, 드루와⋯⋯.'

결전의 날을 받아두고 칼을 갈았다. 국어 교과서에 나오는 한
작품을 통째로 외운 끝에 소원권을 쟁취할 수 있었다. 내 소원
은 중국집 외식이었다. 중국집에서 파티하던 날, 엄마는 외갓집
식구 모두를 초대했다. 덕분에 지금까지 외갓집 모임이 있는 날
이면 외할머니가 20대 후반을 달리고 있는 손녀를 보며 말한다.

- 아이고. 은심이가 받아쓰기 잘해가지고 중국집에서 얻어먹
  고 그랬는데⋯⋯. 어느 세월에 아가씨가 돼버렸네.

그러면 옆에서 가만히 듣고 있던 삼촌이 말했다.

- 은심이 가만 보면 천재야. 처음부터 잘했으면 외식이고 나발

이고 없었지. 쭉 못하다가 가끔씩 잘해버려서 외식도 하고 도장도 얻고 했잖아. 고단수야. 많이 배웁니다. 은심 누나.

의도치 않은 고단수는 핸드폰 사수를 마지막으로 평균 이상의 성적을 유지하며 초등학교를 마무리했다. 중학교 이후로는 보상 아이템이 없음에도 불구하고 피 땀 눈물로 끌어올린 성적이 아까워서라도 양심적으로 공부했다. 그 결과, 고등학교 1학년 때 전교 32등을 달성했다. 등수까지 정확하게 기억할 수 있는 이유는 얼마 전 집에 갔을 때 잊고 살았던 추억 상자를 발견했기 때문이다.

먼지가 얇게 깔린 상자 속에서 정성스럽게 테이프로 코팅한 길고 얇은 종이를 발견했다. 성적표였다. 그 성적표를 보자마자 어떤 마음으로 정성스럽게 코팅했는지 바로 기억할 수 있었다. 반에서 20등이라 저녁까지 남아 있던 내가 전교에서 30등을 기록하며 우등생들만 잡아놓는다던 심야 자습에 들어갔다. 똑같이 방과 후에 남아 공부했지만 나머지 공부반에서의 마음가짐과 아주 달랐다.

아빠는 당시에 내 성적을 보고 지방 국립대는 문제없이 갈 거라 예상했다. 그래서 밤 11시가 돼서야 끝나는 심야 자습임에도 불구하고 아무 불만 없이 날 데리러 왔다. 그런 딸이 심야 지습에서 남자와 눈이 맞을 줄이야 누가 알았겠는가. 연애에 눈을 뜨고 성적이 추락하여 지방 사립대에 입학했다. 입학 확정이 난 후, 아빠에게 전화를 걸어 합격 소식을 알렸다. 살면서 그렇게 간단하고 명료한 리액션은 처음 들었다.

- 그래.

대학교를 다니는 동안 아빠는 마치 복권을 3개 샀는데 2,000원 밖에 당첨되지 않은 사람처럼 한탄했다.

- 자식이 세 명인데 그 흔한 명문대에 한 명을 못 보냈네.

이 책을 빌려서 아빠에게 한마디를 하자면 이렇다.

- 아빠, 난 아직 긁지 않은 복권이야.

혼자
추석을 지내며

2021년에 몇 없는 황금휴가가 찾아왔다. 주말과 명절이 연속으로 5일이나 이어져 있다. 지금은 추석 당일 전날이며, 자취방에서 혼자 글을 쓰고 있다. 그런 나를 상상하며 외로워 보인다고 생각하는가? '땡!'이다. 홀로 보내는 한가위는 아주 자유롭다. 마치 남편들이 와이프가 자식을 데리고 친정으로 갔을 때의 기분과 비슷할 거다.

조선시대의 유교 사상이 투철한 아빠는 명절날, 처갓집은 몰라도 큰집에는 반·드·시 방문해야 한다는 신념이 아주 강하다. 1년에 2번 밖에 없는 귀한 명절을 의미 없는 질문들로 조카들의 속을 박박 긁어대는 어른들이 가득한 큰집에서 시간을 보내기에는 친밀감이라는 게 없었다. 통계청에서 2020년에 실시한 가족 인식조사 중에서 타인을 가족으로 인식하기 위해 가장 중요한 점이 무엇이냐는 질문에 42%나 '친밀도'라 답하며 1위를 차지했다.

명절을 할애할 만큼의 친밀도가 형성되기에는 어른들도 나도 서로 친해지는 법을 모른다. 뿐만 아니라 명절날 큰집만 방문했다 하면 엄마와 아빠가 싸우는 날이 많았다. 우리 가족보다 자기 형제들을 소중하게 여기는 걸 당연시하는 아빠와 그런 아빠에게 서운했던 엄마는 차에서 전쟁을 치렀다.

눈물로 호소하는 엄마를 외면하며 자신이 더 화났다는 것을 보여주기라도 하겠다는 듯이 아빠는 액셀을 미친 듯이 밟아가며 고속도로에서 분노의 질주를 멈추지 않았다. 작년부터 언니들은 결혼이라는 황금 티켓으로 큰집 방문 면제권을 따내어 나 혼자 부모님과 방문해야 했다. 전우애 없는 전쟁터에 나가고 싶지 않았다. 셀럽파이브 멤버 안영미가 〈아는 형님〉에 나와서 이런 말을 남겼다.

'우리가 이 그룹에서 탈퇴할 수 있는 유일한 방법은 임신밖에 없다.'

명절을 대하는 우리 자세를 표현하는 아주 찰떡같은 말이다. 어떡해서든 피하고 싶은 마음에 작년에는 라섹수술로 추석을 때웠는데 올해에는 방법이 딱히 없어서 히든카드를 하나 꺼내들고 말았다. 언니들은 출산 소식이었다면 난 출간 소식으로 큰집 면제권을 요청했다.

사실 출간 소식은 책이 실제로 나오기까지 부모님에게는 절대적인 비밀이었다. 불필요할 정도로 소문나는 게 싫었기 때문이었다. 소문나면 곤란한 점 2가지가 있었다. 첫 번째는 나도 모르는 사이에 해리포터 작가와 동일한 급이 되어 있을 것이지만, 첫 출간인 만큼 쥐도 새도 모를 수밖에 없을 것이 뻔하기 때문이다.

유명세보다는 나도 책 정도는 낼 수 있는 글쓰기가 가능하구나 정도만 느껴도 감지덕지였다. 하지만 부모님은 책 출간이라고 하면 해리포터와 같은 어마 무시한 작가 정도로 눈덩어리를 만들어 지인들에게 소문낼 게 뻔했다. 그걸 민망해하고 수습해야 하는 건 내 몫이다.

두 번째는 책 소재였다. 이 책을 어떻게 해석하느냐에 따라 다르겠지만 가족 형태의 다양화를 부모님으로부터 서운함을 느꼈던 에피소드를 도구로 활용해 표현하고 있다. 하지만 이를 어

떤 시선에서 보느냐에 따라 그저 가족의 대나무 숲이라 생각할
수 있다. 부모님이 지인들에게 딸이 낸 책이라고 소문내기에는
오해의 소지가 있을 수 있어 걱정이었다. 하지만 내 명절의 자
율화를 보상받기 위해 이런 우려 사항들을 잠시 뒤로 미뤘다.
주말에 본가 내려가 깜짝 발표를 했다. 엄마와 아빠의 반응은
각각 이러했다.

- 은심이가 글을 쓴다고? 그래! 해리포터 작가도 아무것도 없
  었는데 글 하나로 돈 엄청 많이 벌었잖아!
- 뭐 그 정도 돈 버는 걸로 비밀이라고. 참내.

말은 다르지만 미소를 머금은 표정은 동일하다. 뭐 대충 잘했
다는 말로 알아서 해석해 버렸다. 올해 추석에는 큰집에 방문하
지 않고 자취방에 돌아가서 글을 쓰겠다고 하니 약간의 잔소리
는 들었지만 허락은 받았다. 출간 이야기는 책이 나오기 전까지
제발 비밀로 해달라고 부탁하고 또 부탁했다.
　그래도 도무지 엄마와 아빠의 입 무게에 대한 신뢰가 생기지
않아 내기를 하나 걸었다. 만약에 부모님의 가족 포함 지인들로
부터 내 출간 이야기가 귀에 들어오는 순간 각각 50만 원씩 가
족 계모임 통장에 입금하기로 했다. 웃긴 건, 서로 조심하라며

자신 있게 큰 소리를 쳤다.

- 너희 엄마만 입조심하면 문제없지!
- 무슨 소리하노! 쨀쭉이나 조심하소!

당사자인 나보다 옆에 있던 언니들이 더 재밌어했다. 다음 날, 삼촌네가 밥 먹으러 집에 놀러 왔다. 그날따라 엄마와 아빠는 식사 자리를 자주 비웠다. 엄마 아빠 스스로도 못 믿는 눈치였다. 50만 원을 어떻게든 따낼 생각인 언니들은 엄마에게 미끼를 자주 던졌다.

- 엄마, 와서 고기 좀 먹고 삼촌이랑 이야기 좀 해! 아빠도 텔레비전만 보지 말고 와서 더 먹어야지!

그들은 미끼를 물지 않기 위해 각자의 일에 몰두했다. 삼촌은 어리둥절해하며 고기를 먹었다. 그날은 잘 넘어갔다. 문제는 부모님만 큰집을 방문해야 하는 추석 당일이다. 분명 어른들이 부모님의 입장과 동시에 내가 없는 이유를 물을 것이다. 그러면 부모님은 아무것도 모르겠다는 듯 자연스럽게 물 흐르듯이 대응할 것이다. 대충 예상한 시나리오는 이러하다.

- 어? 은심이가 안 왔네?

- 아! 우리 막내딸이 뭐 한다고 바쁘다고 하네?

- 추석에도 출근하나?

- 은심이가 글을 쓴다 했나? 책을 낸다고 했나? 잘 모르겠네.

아마 정확한 결과는 이 수필집이 나올 때쯤 알 수 있겠다. 자신 있게 말하지만 아마 계모임에 100만 원이 늘어나 있을 것으로 추정되는 바이다. 그걸로 오래간만에 스테이크나 썰러 가자고 해야겠다.

그들이
막내를 대하는 방법

어릴 적 사진들을 보면 근엄한 쇼트커트의 나를 종종 발견한다. 그 이유를 잘 안다. 귀에 피딱지가 앉을 정도로 많이 들었던 나의 탄생기 때문이다. 아들이 없다는 점에서 자존심도 없냐는 아빠의 꽈리를 튼 발언에 엄마는 늦은 나이임에도 불구하고 질 수 없다는 듯이 셋째를 임신했다.

아들이 생기는 데에 좋다는 온갖 음식을 다 챙겨 먹었다고 한다. 그 결과, 의사 선생님이 '축하드립니다. 왕자님입니다'라는 기쁜 소식을 안겨주었다. 딸만 낳아 시댁의 눈치를 많이 받았던 엄마는 서러움도 이제 끝이라며 기뻐했다. 아빠도 마찬가지였을 것이다.

드디어 출산의 날이 밝았다. 엄마는 왕자님을 환영할 준비를 모두 마쳤다. 우렁찬 아이의 울음 소리가 들렸다. 아이를 받은 엄마는 당황했다. 달려 있어야 할 게 없었다. 아이의 소중이를 한참 동안 바라보고 있는 그녀 뒤로 의사 선생님이 말했다.

- 아이고, 왕자님인 줄 알았는데 공주님이네요. 축하드립니다.

분만이 끝나고 입원실로 들어온 할머니는 공주님이라는 소식에 털썩 주저앉았다. 그러고는 아무 말도 하지 않고 그대로 집으로 돌아가셨다. 아들 한 명씩은 있는 큰엄마들은 병문안을 와 한마디씩 거들었다.

- 에휴, 아들이었으면 꽃다발 사 왔을 텐데…….

아직도 의문이다. 성별이 뭐가 그렇게 중요한지. 크면서 난 셋째 딸 역할을 톡톡히 해냈다. 아들 있는 집에서 보면 부러워할 정도로 애정표현이 많았다. 다른 아이와는 다르게 엄마와 아빠에게 찰싹 붙어 떨어질 생각을 하지 않았다. 그렇게 난 '복덩이'로 거듭났다.

복덩이라는 별명이 붙음과 동시에 아빠의 사업도 술술 풀려나가기 시작했다. 늘 없이 살아서 언제나 아껴 쓰기 급했던 집에 복덩이 등장과 함께 에어컨이 생겼다. 아빠가 한여름에 복덩이 막내가 혹여나 더위 타지 않을까 하는 걱정에 큰 마음먹고 산 에어컨이라 한다. 나와 동갑내기인 에어컨은 아직도 본가 거실에 자리 잡고 있다. 뿐만 아니라 아빠는 36년 인생에 처음으로 헬스를 끊었다. 복덩이 막내를 조금이라도 오래 보고 싶은 마음이라 했다. 아직도 날 생각하면서 빵빵한 배를 부여잡고 러닝머신을 열심히 뛰었을 아빠를 생각하면 귀엽다. 옆에서 고스란히 다 목격한 언니들은 말한다.

- 난 다음 생에는 무조건 막내로 태어날 거야.

유감이지만 나도 마찬가지다. 막내가 가족 내에서 단점보다 장점이 더 많은 포지션인 건 명백한 사실이다. 중학생 때는 교내 급식 파업으로 인해 도시락을 싸 들고 다녀야 했는데 엄마가 싸준 도시락을 깜빡해 아빠가 가져다준 적이 있었다. 수업 듣고 있던 와중에 복도 창문으로 교실을 두리번거리며 나를 찾던 아빠의 모습이 아직도 생생히다. 그 이야기를 언니들에게 해주면 언니들은 아빠에게 배신감까지 느낀다고 한다.

> \- 와, 나는 우산도 안 기져다줘서 비 맞으면서 집에 왔는데. 진짜 다음 생에는 무조건 막내로 태어난다. 진짜 서러워.

언니들은 서운할 만하다. '불허'에 대한 기준도 달랐기 때문이다. 대학생 때, 친구와 태국 여행을 가겠다고 말한 적이 있었다. 여자 둘이서 동남아 여행이라니 당연히 안 된다고 했다. 나는 그럴 것이라고 미리 예측하고 조치를 취해놨다.

> \- 비행기 값도 숙소 값도 다 냈어. 어쩔 수 없어.
> \- 그 돈 아빠가 다시 줄게. 우리 예쁜 막둥이 잃어버릴까 봐 아빠가 걱정돼서 그러지.

아마 언니들이 여행 간다고 했으면 아마 동네가 시끄러울 정도로 큰 소리가 났을 것이다. 이제 아빠는 자식들에게 볼 수 있는 귀여움은 다 보기라도 했다는 듯 불러도 대답도 없이 무뚝뚝해졌다. 그런 다정함이 한정판인 줄 알았다면 난 아마 이렇게 빨리 철들지 않았을 것이다.

최후의
보루

오랜만에 대학교 친구인 명태물론 가명와 통화하면서 그녀가 나에게 배웠던 점을 하나를 말해줬다. 그건 바로 악착같이 아끼면서 사치 하나 안 부리고 살기였다. 내가 적금하면서 살았던 걸 옆에서 명태도 봐왔고 나를 따라 그녀도 적금하기 위해 아끼며 살았다. 같이 밥 먹을 때에는 백 원 단위까지 더치페이하면서 서로 민망해하지 않기 위해서 돈을 줘야 하는 사람이 이런 말을 농담 삼아 말하곤 했다.

- 월말마다 손가락 빨면서 사는 거 다 아는 처지끼리 배려하지 말고 아주 칼같이 나눠서 청구해.
- 그래. 이번 점심은 3,560원 주면 된다.

다른 친구들끼리 더치페이 정산할 때, 날 너무 속 줍고 찌질한 아이로 볼까 봐 걱정했던 것과 달리 명태한테 돈을 청구할 때는 아무 걱정이 없었고 더 나아가 안 받은 돈까지 독촉할 수 있는 거리낌 없는 사이였다.

- 다 아는 처지끼리 돈 안 내고 그러면 곤란해.
- 미안합니다! 방금 보냈습니다!

월말에 용돈이 바닥나기 시작하면 노홍철 작전에 들어갔다. 노홍철이 시험을 망친 날, 집에 들어가자마자 '난 망했어! 난 바보야! 난 이 세상에서 살아남을 이유가 없어!'라는 절규를 늘어놓으면 엄마가 혼내기는커녕 오히려 위로해 주었다는 원리를 적극 응용했다.

편의점에서 삼각김밥을 사서 사진 찍어 카카오톡 프로필 사진으로 설정해 두고 상태 메시지에 '아... 고기 먹고 싶다...'라고 적어놓았다. 딸들의 프로필 사진을 수시로 확인하는 엄마에게

서 한 시간도 안 지나 전화가 온다. 용돈을 적게 줘서 고기 사먹을 돈도 없냐며 엄마는 추가 용돈을 계좌로 바로 보내주곤 했다. 아마 엄마의 성격상, 무턱대고 용돈이 바닥났으니 더 달라고 했다면 보내주더라도 흔쾌히 주지는 않았을 거다.

반전이지만 돈이 아주 없던 날은 없었다. 용돈이 부족해 허덕이더라도 절대 쓰지 않고 모으기만 하는 계좌는 따로 있었다. 장학금이나 교내 근로를 통해 받은 돈은 모두 최후의 보루 계좌에 넣어두었다. 목적은 따로 없다. 가끔 생활비가 없어 의기소침할 때마다 그 계좌의 잔고를 확인했던 게 그때의 소확행이었다. 반대로 가장 큰 스트레스는 줄어드는 계좌 잔여 금액이었다.

그렇게 적지만 소중하게 꾸역꾸역 모은 덕분에 졸업할 때, 최종적으로 손에 주어진 금액은 육백만 원이었다. 이 사실을 졸업하기 전, 가족들에게 돈밍아웃했었다. 언제 그렇게 돈을 모았냐며 묻는 엄마의 말에 틈틈이 아르바이트를 한 적이 있다고 답했다. 이상하게도 우리 집에서는 아르바이트 자체가 숨겨야 할 항목이었다.

- 은심아, 학생이 공부를 해야지. 아르바이트할 시간이 어딨니?

미안하지만 돈 벌 시간은 있었고 공부는 할 시간도 마음도 없었다. 최후의 보루 계좌에 돈이 줄어드는 걸 지켜보고만 있을 순 없었기 때문이다. 악착같이 아껴 써야 한다는 생활습관에 깊이 들어가 보면 돈 때문에 부모님께 매달리기 싫다는 마음이 있었다. 등록금이나 기숙사비 고지서가 날아오는 날은 그야말로 고역이었다. 먼저, 경제적 가장인 아빠에게 전화를 했다.

- 아빠, 등록금 고지서 나왔어. 사진 찍어서 보내줄게.
- 돈 없어. 엄마한테 가서 말해. 아빠가 무슨 돈 나오는 기계인 줄 아니?
- 엄마, 등록금 고지서 나왔어.
- 아빠한테 말해야지. 왜 엄마한테 말해?

집안 경제가 좋았든 나빴든 그게 루트였다. 엄마, 아빠 모두 각각 2번씩 전화를 돌리고서야 아빠에게 사진 찍어서 보내달라는 말을 들을 수 있었다. 장학금을 받은 학기에도 동일했다. 칭찬은 처음뿐, 미납 문자를 받고 다시 아빠에게 전화를 하면 아빠를 돈 나오는 기계로 아냐고 최선을 다해 짜증냈다.

부모와 자식 간에도 당연한 건 없다는 마음을 되새기며 서러움을 달랬다. 나에게 부모님은 모든 방면에서 기대기만 하는 언덕일 수는 없었지만 특히, 경제적인 면에서는 건물주와 세입자의 입장이었다. 부득이한 상황으로 인해 돈을 벌 수 없을 때, 최소한 부모님에게 만큼은 손을 벌리지 말자는 의도에서 만들어진 게 최후의 보루 계좌다.

딸에게 경제관념을 심어주기 위한 부모님의 큰 그림이었는지, 그저 돈 주기가 싫었는지 아직도 의문이다. 전자라면 성공적이었고 후자라면 아주 서운했다. 흥!

결혼이
도대체 뭔데?!

비혼주의가 될 수도 있다며 말했던 내가 엄마와
언니들에게 결혼을 현실적으로 생각하고 있는
남자친구가 있다고 말한 날이었다. 전날 밤부터
어떻게 말하면 좋을지 고민하며 밤을 새웠음에
도 불구하고 막상 장군 같은 그녀들을 앞에 두
고 말하려니 땀이 줄줄 흘렀다. 결론적으로만 말
하자면 응원과 격려보다는 걱정과 우려를 많이
받았다. 나 빼고는 모두 결혼을 해본 사람들이라
다 맞는 말로 조언해 주었다.

- 은심아. 하나부터 열까지 맞춰놓고 결혼해도 막상 실전되면 맞춰지지 않는 부분이 대부분인 게 결혼이야. 너는 연애하면서도 맞지 않는 부분이 많아서 싸웠던 일도 잦았잖아.

좋았던 일보다는 싸우고 서운했던 일들만 언니들에게 고민 상담 차원에서 털어놨던지라 언니들이 내 연애를 걱정하는 건 당연했다. 꼬인 매듭을 천천히 풀어가는 건 내 몫이라 여겼다. 엄마는 그렇게 자주 싸우는데도 지금까지 헤어지지 않고 결혼 이야기까지 꺼내게 된 이유를 물었다. 엄마 반응 예상하기에 족집게 강사인 내가 전날 밤, 뽑아놓은 예상 질문인지라 미리 외워두었던 남자친구의 장점을 말했다.

- 우선 다정한 사람이야. 화나면 톡 쏘는 말부터 나가는 나와는 반대로 다정해서 싸워도 남자친구가 항상 져줘. 생활력도 강해. 뭘 결정하든 남자친구 스스로 원리를 다 알고 이해한 다음에 결정해. 어려운 걸 싫어하는 날 대신해서 알아봐 주고 조언도 많이 해줘. 마지막으로 같이 있으면 즐거워. 별게 아닌데도 웃기고 재밌어.

나름 객관적이고 주관적인 답변을 적절하게 섞어서 잘 말했다고 생각했는데 실진에 강한 엄마에게는 어림도 없었다.

- 너희 아빠는 결혼 전에는 안 그랬는 줄 아니? 너희 아빠가 우
리 아빠만큼이나 다정한 사람인 줄 알았지.

장군들에게는 더 강력한 논리가 필요했지만 확신에 찬 마음
을 표현할 말을 찾기가 쉽지 않았다. 시간이 더 흐르면 왜 결혼
하냐는 질문을 많이 받을 텐데 연애도 오래했으니 힐 때가 되어
서 하겠다는 볼품없는 대답은 싫었다. 이번 기회로 상대방을 떠
나서 개인주의가 강한 내가 결혼이란 걸 해도 되는지, 나에게
결혼이란 무엇인지 더 진지하게 고민해 볼 수 있었다.

고민 끝에 남자친구와의 결혼에 대해 확신을 가졌던 계기는
책임감이었다. 결혼은 사랑하는 마음과 책임감이 1:1 비율로 필
요하다. 결혼은 무조건 해피엔딩이라고 생각했던 때가 있었다.
2000년대 초반에 히트했던 대부분의 멜로 드라마는 힘들게 만
난 남녀 주인공의 결혼식으로 결말을 마무리했다.

그 결말에 열광했던 시청자 중 한 명이 바로 14살의 나였다.
웨딩드레스를 입은 여주인공은 나에게 결혼으로 인해 인생의
모든 고비가 끝났다는 듯이 웃었다. 등잔 밑이 어둡다고 하루가

멀다 하고 다투는 엄마, 아빠 밑에서 자랐음에도 불구하고 결혼은 새로운 시작이라는 걸 인지하지 못했다. 인생에 고비가 끝났다는 건 없다.

우리는 행복하기 위해서가 아닌 덜 불행하기 위해 발버둥 치며 사는 사람들이다. 결혼 후에도 마찬가지다. 다른 성장 배경을 가진 두 사람이 만났는데 어떻게 마냥 좋기만 하겠는가. 연애할 때는 알 수 없었던 모습을 결혼 후에 발견했다는 점에서 오는 불행도 있을 수 있고 관계를 떠나 외부로부터 오는 불행이 있을 수 있다. 그건 상대방을 고르는 조건에 필터를 끼운다고 해서 알 수 없다. 거를 수만 있다면 모든 부부가 행복하겠지만 그렇지 않은 게 현실이니까. 그 불행을 모두 견뎌야 할 책임감이 나와 상대방에게 있는지가 중요하다.

그 산증인으로 언니들의 사례를 제출한다. 큰언니네 부부가 결혼 준비할 때, 상견례 선물 준비로 백화점을 따라간 적이 있었다. 잠깐 한눈을 파는 그 찰나의 순간에 둘이 의견이 맞지 않아 전쟁이 시작되고 있었다. 멀리 떨어져 빅매치를 구경하는데 둘 다 화가 잔뜩 나서 어깨가 벌크업되어 있는 모습이 무섭고 웃겼다.

세우는 그 전쟁터를 적극적으로 말리지 못했다. 실제로 주먹만 안 나갔지 표정으로 서로에게 어퍼컷을 날린 거나 다름이 없었다. 혹여나 파혼하는 건 아닐지 걱정까지 되었다. 새우는 지릴 것 같은 기분에 화장실을 다녀온 사이, 둘은 또 언제 싸웠냐는 듯이 팔짱을 끼고 백화점을 활보하고 있었다.

작은언니네 부부도 마찬가지로 결혼 준비 단계에서 나와 함께 술을 마시며 스몰 웨딩이 좋을지 일반적인 결혼식이 좋을지를 논하다가 한바탕 싸움이 났었다. 이 커플도 만만치 않았다. 해리포터와 볼드모트를 보는 듯한 장면이었다. 원래 잘 져주던 형부도 그날따라 의견을 굽히지 않았다.

- 하객이 많아서 예식장이 시장통이 된 경우를 내가 많이 봐왔다니깐!
- 아니! 우리 집에서 결혼식은 내가 첫 번째인데 어떻게 작게 하냐니깐!

나는 피 튀기는 현장을 외면한 채, 눈을 지그시 감고 자는 척을 했다. 그리고 형부가 잠깐 화장실을 갔을 때, 눈을 잠깐 떠 작은언니에게 지금 매우 불편한 상태니 나가서 멱살 잡든 머리채를 잡든 싸우고 들어오라는 짧은 신호를 주었다. 그리고 다시 눈을 떴을 때, 둘은 언제 싸웠냐는 듯이 다정하게 러브샷을 하고 있었다.

'부부싸움은 칼로 물 베기'라는 말의 다른 의미는 책임감이 강한 사람 둘이 잘 만났다는 말일 것이다. 결혼에 사랑만큼이나 강한 책임감을 가졌기 때문에 절대 양보할 수 없을 것 같은 불만도 수용하고 타협하며 살아가는 두 부부의 예시를 보았다.

멜로드라마 애청자였던 14살의 나는 언니들에게 20살에 수중 결혼식을 올리고 말겠다고 했던 때가 있었다. 언니들은 아빠 친구가 운영하는 낚시터가 딱이라고 메기들에게 미리 말해놓겠다며 나를 놀렸다. 종잡을 수 없는 결혼식 컨셉과 시기를 생각했던 막내가 이젠 30대를 코앞에 두고 결혼에 대해서 현실적으로 생각할 수 있는 어른이 되었다. 나중에 다시 결혼에 대해서 말할 수 있는 기회가 있다면 막내가 나름 고민을 많이 한 결과로 생각해 주었으면 한다.

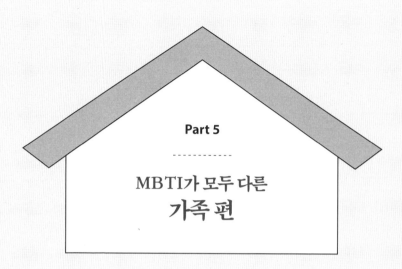

Part 5

MBTI가 모두 다른
가족 편

골목길 끝
2층 집

우리 동네에서 나는 '2층 집 딸'로 통했던 적이 있었다. 처음 이사 온 2001년 당시에는 2층 집 이라고 하면 '아, 그 오르막길 끝에 있는 부잣집' 이라고 할 만큼 2층 집 주택이 흔하지 않았다. 동네 어르신이나 친구들이 그렇게 우리 집을 알 아볼 때마다 아닌 척하면서 속으로 '훗, 그래요. 제가 그 2층 집 막내딸이랍니다'라며 어깨가 하 늘에 걸리곤 했다. 특히나 아이들에게 실내 계단 은 하나의 놀이터 개념이었다.

- 은심이 2층 집에 산다며? 계단이 밖이 아니라 안에 있는데 진짜야? 놀러 가도 돼?
- 그럼. 우리 집은 계단이 안에 있어. 한번 구경하러 와.

집에 놀러 온 아이들에게 제일 먼저 보여준 건 실내 현관문 뒤에 숨겨진 실내 계단이었다. 아이들의 부러워하는 감탄에 이런 계단쯤이야 늘 왔다 갔다 하는 루틴이라는 듯이 사뿐히 밟고 2층으로 올라갔다. 2층을 구경한 아이들 중에 몇몇은 집에 화장실이 3개씩이나 된다는 점에서 역시 부잣집이 맞다는 듯한 확신에 찬 눈빛이었다.

이사하고 첫 생일날, 집에 딱 10명을 초대해서 성대하게 파티를 하기로 했다. 언니들이 직접 그리고 쓴 초대장을 반 친구들 10명에게 나누어 주었는데, 그게 반에서 〈찰리와 초콜릿 공장〉 속에 나오는 황금티켓 마냥 초대받지 못한 친구들이 서운해하고 아쉬워했다. 그 중에 한 명이 하필이면 제일 오랫동안 친하게 지낸 '말차'라는 아이다. 말차는 19년이 지난 지금도 그 초대장을 언급하며 따져 묻곤 한다.

- 그 초대장 왜 나한테는 안 줬어?

- 미안한데 그때는 우리 안 친했잖아.

- 나도 2층 집 구경하고 싶었는데…….

친구들이 우리 집에 이렇게나 큰 관심을 주고 부러워하는 게 좋았던 이유는 이전의 집과는 아주 상반되기 때문이다. 첫 번째 집은 아빠 사업이 망해 시내 외곽으로 이사 오면서 직접 지은 슬레이트 집이었다. '슬레이트 집'하면 떠오르는 건 가난이다. 이게 말로만 듣던 찢어지게 가난한 집이구나 싶을 정도였다. 장판을 수리할 돈도 없었던 형편이라는 것도 모른 채 어린 내가 쥐어뜯은 장판과 도화지 대신에 애용했던 벽지들은 사진만 봐도 기가막힐 정도다.

집과는 다르게 가족들의 얼굴에는 늘 웃음이 많았다. 마치 가난한 건 가난한 거고 우리는 충분히 행복할 수 있다는 것처럼 웃고 있었다.

두 번째 집은 '슬레이트 집' 자리에 현재까지 살고 있는 2층 집이 공사 완료될 때까지 임시로 살았던 집이었다. 우리끼리는 '오락실 집'으로 불린다.

이전까지 오락실이었던 공간에 수납장으로 대충 공간을 나누고 살았다. 오락실 집은 약간 미국식이었다. 주거용이 아닌 상업

용 공간이라 거실과 부엌의 개념이 없어 신발을 신고 다녀야 했고 자는 공간만 장판을 대충 깔아두고 살았다. 간접적으로 노숙을 경험할 수 있었다.

뿐만 아니라 건물 내 공용화장실에서 샤워와 용변을 해결해야 했다. 어떤 날에는 작은언니와 내가 같이 공용화장실에서 문을 잠그고 샤워하고 있었는데 누군가 문을 두드렸다. 언니는 조용히 있으라 했지만 나도 모르게 문을 열어줬다. 언니와 나는 옷을 벗은 채로 한 아줌마가 급한 일을 처리하고 나가는 걸 지켜봐야 했다.

그런 집을 거치고 2층 집에 자리 잡아서 그런지 7살에 자수성가로 성공한 사업가의 삶을 경험한 기분이었다. 집으로 인한 내 별명은 '부잣집' 외에도 '키위 공주'라는 별명도 있었다. 2층 집 대문 아치에 키위를 키웠기 때문이다. 아직도 살면서 집에서 키위를 키운다는 집은 보지를 못했다. 여름만 되면 무섭게 주렁주렁 달리는 키위는 많은 동네 친구들이 몰래 따먹곤 했다.

그 친구들에게 미처 '관상용 키위'라는 걸 알려주지 못했다. 마트에서 비싼 돈 주고 살 수 있는 달달한 키위와는 달리 우리 집 키위는 지옥에서 온 키위라고 할 수 있다. 심지어 껍질 털을 제대로 제거하지 않고 먹었다가는 하루 종일 입술 주위를 긁어야 하는 부작용도 있었다. 학교에서 몇몇의 친구들이 퉁퉁 부은 입술 주위를 막박 긁으며 따졌다.

- 은심아, 내가 너희 집 지나가는 길에 키위 많길래 한 개 따 먹
  었거든, 근네 그거 키위 맞지?
- 그러게 집주인도 안 먹는 키위를 왜 먹냐? 그거 장식용이야!

현재 2층 집은 '20년'이라는 세월을 정면으로 맞은 듯이 여기
저기 금이 가 있다. 당시 부자들의 상징이었던 체리 몰딩도 더
떨어지기 직전이다. 아빠에게 요즘 유행하는 인테리어로 리모
델링을 한번 해보자고 제안했었다.

- 아빠, 우리 집도 요즘 스타일로 베란다 없애서 거실도 확장하
  고 벽지도 하얗게 하고 체리몰딩도 다 떼고 심플한 인테리어
  로 리모델링해 보는 건 어때? 집이 예뻐야 나중에 손주들도
  집에 더 오든지 말든지 하지!
- 리모델링할 돈은 하늘에서 뚝 떨어지냐? 돈 없어.

아빠는 단호했다. 집에 직접 살고 있는 사람이 필요성을 못
느끼면 굳이 더 권할 필요 없다고 생각하며 넘겼다. 근데 가끔
본가에 가서 내가 주로 생활했던 2층 공간을 보는데 갑작스럽

게 변하면 서운할 수도 있겠다는 마음이 들었다.

하루는 2층에 놓인 피아노 의자 뚜껑을 열었는데 내가 갓난 아기 때 입었던 콩알 같은 옷을 발견했다. 사진 속에서만 봤던 옷을 보는데 싱숭생숭했다. 생활만 했던 나도 흔적만 봐도 이렇게 애틋한데 이 집을 직접 설계하고 공사했던 아빠는 어떤 마음이겠는가.

비디오
테이프

애니메이션 〈패트와 매트〉만큼이나 어릴 적 나에게 유튜브와 같은 영상물은 비디오테이프에 담겨 있는 엄마, 아빠의 결혼식 영상이었다. 부모님은 유아기, 아동기, 청소년기, 성년기와 같은 성장 단계를 다 건너뛰고 처음부터 엄마와 아빠인 줄 알았다. 그래서 내가 모르는 시절의 부모님의 모습이 낯설지만 계속해서 보고 싶을 정도로 신기했다.

풍선만 한 어깨 뽕이 가득 들어간 웨딩드레스를 입은 엄마와 아직 탈모가 오기 전이라 풍성한 앞머리를 자랑하는 아빠가 로봇보다 더 어색하게 뚝딱거리며 걸어가는 걸 보고 있으면 시간이 금방 흘러갔다. 세월이 가고 거실에서 한자리 차지하던 온갖 기계들이 이젠 일체형 텔레비전으로 대체되자 비디오테이프 플레이어마저도 일자리를 잃었다.

플레이어의 실직과 동시에 비디오테이프는 서랍 속에서 먼지와 함께 존재감까지 묻혀갔다. 내가 첫 생리 때, 아빠에게 받았던 금반지를 찾겠다고 온 집을 뒤집고 다니기 전까지 말이다. 피부에 박제하듯이 끼고 다녔던 금반지가 내 손가락에서 사라진 걸 알았던 날이었다. 본가 1층과 2층의 쥐구멍까지 구석구석까지 확인했는데도 금반지는 찾을 수 없었다. 대신에 오랜만에 열어본 텔레비전 밑 서랍장에서 과거가 준 선물을 발견했다. 20개가 넘는 비디오테이프였다. 부모님의 결혼식 영상은 물론이며 할머니 칠순잔치, 세 자매 재롱잔치, 가족 소풍날까지 꼼꼼하게 기록된 테이프들이었다.

사진 앨범으로밖에 확인할 수 없었던 내 어린 시절을 영상을 통해 움직이는 나를 빨리 보고 싶었다. 20개가 넘는 비디오테이프를 자취방으로 챙겨와 디지털 변환해 주는 업체를 검색했다. 1개당 10,000원이었는데 가족들은 흔쾌히 가족 통장에서 지출

할 수 있도록 허락해 주었다. 택배로 비디오테이프를 업체에 보내주면 업체가 디지털 파일로 변환해서 USB에 담아주는 시스템이었다.

사본도 없는 귀한 테이프라 배송 중에 부서지지 않도록 종이로 덕지덕지 포장해서 발송했다. 일주일이 흘러 USB를 받았다. 퇴근하고 밥도 안 먹고 바로 노트북으로 USB를 확인했다. 〈칠순잔치〉라 표기되어 있는 파일을 열었다.

돌아가신 할머니의 칠순잔치는 새천년의 감성이 그대로 담겨있었다. 실내 흡연이 허용된 시대였던 만큼 테이블 위에 재떨이가 물컵만큼이나 당연히 올려져 있었다. 그리고 할머니의 4형제와 그들의 며느리들이 곱게 한복을 차려입고 손님을 맞이했다. 손님들은 잠자리 안경과 뽕이 가득 찬 어깨와 앞머리를 자랑하며 식장으로 들어와 할머니에게 인사했다.

잔치가 본격적으로 시작되었음을 사회자가 알리면 한 부부씩 차례대로 할머니 앞으로 나가 술 한잔씩을 건네드렸다. 그리고 형형색색 음식들이 올려진 단상 위에 앉은 할머니는 술을 받아마셨다. 음주 파도타기가 끝난 후에는 사물놀이로 다들 덩실덩실 춤을 추기 시작했다. 그 사이에서 한복의 소매를 걷고 북을 세게 내려치는 아빠의 모습은 몇 없는 섹시한 모습 중에 하나였다.

사물놀이가 끝나고도 영상이 40분이나 남아 있었다. 또 무슨 차례가 남았나 싶어 좀 당겼더니 40대가 훌쩍 넘은 4형제 부부들의 장기자랑 시간이었다. 엄마와 아빠 차례가 되고 노래방 기계에서 엄마의 18번인 문주란의 〈남자는 여자를 귀찮게 해〉가 흘러나왔다.

연애할때는 별도 달도 따줄 것처럼 말하더니 결혼하고는 아내 없이는 할 줄 아는 게 없는 그 시대의 남자를 반영한 가사를 엄마는 열창했다. 엄마가 이 노래를 부르는 걸 많이 목격했지만 부를 때마다 늘 진심이었다. 칠순잔치 영상은 특히 아빠에게 더 애틋해 보였다. 이젠 볼 수 없는 할머니부터 친구들까지 아빠에겐 더없이 반가운 모습일 것이다.

칠순잔치 영상을 닫고 다음으로 〈합천〉이라는 파일을 재생했다. 파일을 재생하자마자 달리는 차 안에서 앳된 목소리로 열창하는 한 아이의 노랫소리가 들렸다. 나였다. 운전하는 엄마는 백미러로 뒷좌석에서 신나게 노래 부르는 날 사랑스럽게 바라보았다. 조수석에서 캠코더로 촬영하는 아빠는 뒷좌석에서 가만 있지 못하고 몸을 베베 꼬는 나에게 말했다.

- 지은 심! 차 안에서 가만히 있는 거야.

- 차 안에서는 가만히 있는 거라고 아빠가 말하는데요! 지은심 리포터가 얼마나 가만히 있는지 숫자를 세보겠습니다! 5, 4, 3, 2, 1, 땡! 네, 지은심 리포터는 5초 동안 가만히 있었습니다!

지은심 리포터의 깨방정 리포팅을 들은 아빠는 한숨을 쉬며 다시 차 앞을 바라보았다. 그리고 영상이 끊기고 영화 세트장으로 이어졌다. 2000년대 초반에 크게 흥행했던 〈대극기 휘날리며〉의 세트장이었다. 양갈래 머리에 커다란 사탕을 손에 들고 쪽쪽 빨아먹으며 세트장 구경보다는 아빠 손을 잡고 놀러 나온 게 더 신나 보였다. 부모님과 가는 여행에서 이렇게 시끄럽고 신나했다는 걸 처음 알았다. 이젠 어딜 가도 차만 타면 자거나 한 마디도 하지 않는 날 보며 아빠가 이렇게 말했던 게 이해가 갔다.

- 자식새끼 키워봐 봤자 아무 소용없어.

〈합천〉 영상을 끄고 이번엔 〈놀이공원〉 파일을 재생했다. 파일명에서도 예상할 수 있듯이 놀이공원에서 영상이 시작되었다. 놀이공원은 어린이날마다 갔던지라 더 애정이 가는 장소이

기도 했다. 이 파일도 아마 어린이날로 찍었던 영상으로 기억한다. 왜냐하면 바이킹에 앉아 있는 세 자매의 모습만 봐도 알 수 있다. 신나지만 양쪽에 앉은 언니들의 눈치를 보느라 어쩔 줄 몰라 하는 막내인 내 표정이 고스란히 영상에 찍혔기 때문이다.

황금 같은 공휴일에 친구랑 만나지도 못한 것도 억울한데 이 나이에 시시한 바이킹이나 타야 한다는 생각에 짜증이 가득한 언니들은 어깨가 잔뜩 벌크업이 되어 있었다. 두 명의 염라대왕 사이에서 강아지 똥처럼 눈꼬리가 축 처진 나는 촬영하는 엄마가 부르자 엄마를 바라보며 위안을 얻었다는 듯이 미소를 보였다. 또다시 영상이 이어진 부분은 회전목마였다. 회전목마를 찍고 있던 엄마는 수많은 말과 마차 사이에서 나를 발견하고 크게 불렀다.

- 꽃송이! 여기야!

비디오테이프 영상의 총 러닝타임이 3시간은 되지만 그중에서 가장 잊을 수 없는 장면이었다. 정말 오랜만에 들은 내 애칭이었다. 그 애칭과 함께 지난날의 추억들이 주마등처럼 지나갔다. 집 안을 폴짝폴짝 뛰어다니며 꽃송이라 불러달라는 막내딸을 사랑스럽게 바라보는 엄마와 아빠, 그리고 꽃송이가 아니라

꽃받침이라며 놀렸던 언니들까지도 나 기억이 났다.

　회전목마에서 엄마가 부르자 나는 〈텔레토비〉 속 아기 태양처럼 환하게 웃으며 손을 흔들어 보였다. 다른 영상들과 마찬가지로 엄마나 아빠가 날 부르면 뾰로통해 있다가도 세상 해맑은 웃음으로 답했다. 피사체에 대한 애정이 화면에 고스란히 담겨 있는 영상들이 꽤 많았다. 마치 영화 〈러브 액츄얼리〉에서 신부를 짝사랑하는 신랑의 친구가 결혼식 영상을 촬영하는 내내 신부만 담았던 것처럼 엄마와 아빠는 수많은 군중들 사이에서도 날 꼭 찾아 확대해서 찍어주었다. 날 사랑스럽게 불러주는 누군가가 있음에 그리고 그를 보고 웃을 수 있었음에 감사했다.

정상가족이
뭔데?

- 은심이 넌 A급 딸이야.

하루는 아빠가 뜬금없는 칭찬을 날렸다. 칭찬할 명분도 없고 경험도 별로 없어 어리둥절했다. 딸이 무슨 과일도 아니고 무슨 등급을 따지냐며 짜증냈지만 속으로 어떤 부분에서 A급이라 한 건지 은근히 기대했다.

- 아빠가 바람을 폈나? 노름을 했나? 그 흔한
  이혼을 했나? 이 정도 정상적인 가정 내에서

컸으면 은심이는 A급이지.

딸들의 출가를 지켜봐 온 아빠의 입장에서 과거를 돌아보며
자식들을 잘 키우기 위해 자신이 어떤 노력을 했는지를 알아달
라는 마음에서 한 말이겠지만, 이 의도를 파악하기에는 표현이
참 아쉬우면서도 오해의 소지가 있었다. 당시에 아빠가 무작위
로 던진 발언에 의해 한 귀로 듣고 한 귀를 흘릴 수 있는 능력치
가 어느 정도 생긴 터라 결혼 중매업체처럼 날 취급하는 부분에
대해서는 기분이 상하진 않았다. 하지만 그 말을 곱씹을수록 오
히려 '정상가족'에 대해서 생각해 보게 되었다.

가족이면 가족이지 굳이 '정상'이라는 수식어는 어떤 기준으
로 붙게 된 건지 알 수 없다. 실제로 아빠 외에도 가족의 범위를
제한적으로 생각하는 사람들이 많다. 통계청에서 실시한 2020
인구주택총조사에서 엄마, 아빠, 혈연관계의 자녀로 구성된 핵
가족의 형태를 '정상가족'이라고 부르는 것에 어느 정도 동의하
냐는 질문에 64.1%가 동의한다에 답변했다.
　주로 연령대가 높을수록 동의한다고 답변한 비중이 컸다. 이
들처럼 가족의 범위에 명확한 기준과 정답을 정하기에는 주위
에서 '한부모 가정', '미혼모 가정', '다문화 가정', '비혼모 가정'을

어렵지 않게 발견할 수 있다. 그들을 '비정상'으로 치부해 버리기에는 나에게 소중한 사람들이 많다.

사실 나도 '정상가족'이라는 단어에 크게 생각이 많아진 건 불과 얼마 전이다. 해외 드라마 시리즈인 〈오티스의 고민상담소〉 중에 우등생인 친구가 주인공에게 말했다.

- 엄마들이 너무 싸워서 걱정이야.

엄마들? 친구 엄마와 엄마가 싸웠다는 말인가? 알고 보니 동성애 부부가 결혼하여 우등생을 입양한 가족 배경이었다. 주인공은 '동성애'라는 부분보다 엄마들이 '싸운다'에 초점을 두고 걱정해주었다. 드라마를 보고 '진짜 해외는 열려 있구나'라고 느낀 나도 마찬가지로 그동안 '정상가족'이라는 표현에 대해서 전혀 문제점을 가지지 않았다는 걸 깨달을 수 있었다.

'가족'에 대해서 아빠가 가지고 있는 편견이 형태적인 부분이라면 엄마가 가진 편견은 관계적인 부분이었다. 본가를 나와서 자취를 시작한 지 2년 차가 되어간다. 본가에 살면서 누군가와 같이 산다는 건 아주 어렵다는 걸 알았다. 그게 가족이라도 말이다. 예를 들어 내가 생각하는 가족 간의 거리는 30cm라면 엄마가 생각하는 가족 간의 거리는 1cm에 불과한다. 29cm의 간극은 주로 전쟁으로 채웠다. 내가 엄마와 아빠에 대한 불만들을 털어놓을 때마다 많이 듣던 말이 있다.

- 우리가 평생을 이렇게 살았는데 이제 와서 어쩌겠어. 네가 가족이니깐 참고 살아야지.
- 가족이면 그런 것도 함께 참고 사는 기야.

우리도 노력할 테니 너도 우리를 이해할 수 있도록 노력해달라는 말을 기대했는데 '가족'이라는 이유로 나만 노력해야 한다는 게 답답하게만 느껴졌다. 엄마와 아빠도 참고 사는 게 분명히 있을 것이다. 하루는 보다 못한 큰언니가 엄마에게 내 의견들과 불만들을 대신 전달해 준 적이 있었다. 내 의견을 전해들은 엄마의 반응을 통해서 부모님도 많이 참고 맞춰주고 살고 있었다는 걸 알게 되었다.

- 우리가 은심이한테 맞춰준 게 얼마나 많은데 뭐가 불만이래?

결론적으로 우린 맞춰 살 수가 없는 사람들이었다. 처음 이

결론을 냈을 때, 나는 스스로에게 실망을 많이 했다. 엄마와 아빠에게서 선을 두는 내가 '비정상'처럼 느껴졌기 때문이다. 대부분의 미디어에서 가족은 무조건 친하고 가깝게 지내야 하고 친구 같은 부모님을 부러워하는 장면들이 많이 노출된다.

부모님과 속 깊은 이야기까지 꺼내가며 친근하게 지내지 않는 내 모습은 마치 호래자식처럼 보였다. 근데 다르게 생각해 보면 가족의 형태에 대한 다양성의 목소리가 높아지듯 관계적인 부분도 마찬가지일 수도 있다. 부모님을 남처럼 생각하는 거냐며 날 불효녀 취급하는 사람이 있겠지만 선을 둔다고 해서 부모와 자식 간의 관계가 끊어지는 건 아니다. 여전히 부모님은 나에게 애틋한 존재다. 가치관이 달라 한발치 떨어져 응원해 줄 수 있는 관계도 가족이 될 수 있다.

TV
전쟁

5명이 모두 한 집에 살았던 때에는 그야말로 TV 전쟁이 심각했다. 5명 모두 입맛만큼이나 프로그램 취향도 모두 다르다. 각자의 취향대로 프로그램을 사수하기 위해서 이성을 놓고 싸운 적이 많다. 지금은 유튜브로 알맹이만 모아볼 수 있는 클립 영상이라도 있었지만 당시에는 본방을 놓치면 재방송을 언제 할지 몰라 반드시 제시간에 TV를 사수해야만 했다.

그 때문에 리모컨을 던져가며 싸울 때도 있었고 한 명이 씩씩거리며 계단이 무너질 듯이 2층으로 올라가야 마무리되었던 적도 많다. 엄마와 아빠도 예외는 없었다. 아빠의 취향은 두 가지였다. 평일에는 뉴스, 주말에는 〈전국노래자랑〉이었다. 뉴스는 평일 저녁 시간대라 경쟁률이 꽤 치열했다. 경쟁자를 밀어내기 위해 아빠는 날을 세웠다. 내가 리모컨으로 채널을 돌리려고 제스처만 취해도 아빠는 리모컨을 빼앗으며 '재미를 위해서는 나라도 팔아먹을 놈'이라고 말했다.

그리고 뉴스 시작한 지 20분도 되지 않아 누워 있는 소파에서 코를 드르렁드르렁 고는 소리가 들려온다. 아빠가 잠이 들었는지 확인하기 위해 닫힌 눈꺼풀 위로 손을 휘익 휘익 저어보면 아무 반응이 없어서 힘이 쭉 빠진 아빠의 손에서 리모컨을 빼내려고 했면 그걸 또 어떻게 알았는지 눈을 부릅뜨며 '나 보고 있다'고 말했다.

이와 반대로 딸들이 모두 침대에서 뒹굴거리는 일요일 오후 1시에 방영하는 〈전국노래자랑〉은 경쟁률이 비교적 낮다. 아빠는 뉴스보다는 부드러운 태도를 취했다. 딸들이 하나둘씩 일어나 텔레비전 앞에 앉아 채널을 돌리면 아빠는 1시가 다가올수록 초조해하며 조심스레 한마디 했다.

– 1시 다 되어간다. 〈전국노래자랑〉 보자. 아빠가 보는 유일한

예능인네 좀 봐줘라.

엄마도 아빠의 이런 동정 어린 태도에 감동했는지 옆에서 아
빠의 유일한 낙이라며 한마디 거들었다. 일요일 점심 전용 메뉴
인 잔치국수를 먹으며 나와 비슷한 연령대의 참가자가 나와 온
갖 끼를 발산하면 아빠는 그렇게 재밌어하며 내가 그러길 바라
는 듯이 말했다.

- 은심이는 저렇게 하라고 하면 절대 못하지 싶다!
- 내가 왜 못 해?

발끈 해하며 자리에서 벌떡 일어나 아빠 앞에서 영혼을 털어
넣어 춤추면 한 번이라도 눈길을 줄 만한데 아빠는 텔레비전에
시선을 고정한 채, 영혼 없는 '어이구, 어이구' 소리만 날렸다.
대신 옆에 있던 엄마가 무안할 날 위해서 아빠의 몫까지 2배로
리액션해 줬다.

엄마의 텔레비전 취향은 4차원적이다. 설거지하다가도 텔레
비전에서 UFO라는 단어만 들리면 당장 고무장갑 낀 채로 달려
와 텔레비전에 시선을 고정한다. 일요일 국민 프로그램인 〈서프
라이즈〉에서 외계인 관련 내용이 나오면 나사 직원이 된 마냥

미간에 주름이 진 채로 집중해서 보다가 다른 에피소드가 나오면 바로 등을 돌려버린다.

이 외에도 엄마의 취향이 아니고 싶지만 자꾸만 보게 되는 장르가 있다. 바로 휴먼 다큐멘터리다. 감수성이 우주 최강으로 풍부한 엄마는 휴먼 다큐멘터리를 볼 때마다 갑 티슈를 반드시 지참해야 한다. 아빠는 휴먼 다큐멘터리를 보고 엄마가 우는 걸 흉내 내며 놀리곤 했다.

조금이라도 뭉클한 장면이 나오면 아빠는 날 툭툭 치며 엄마를 몰래 가리킨다. 엄마의 흔들리는 어깨만으로도 휴지가 필요하다는 걸 알 수 있다. 아빠는 휴지는 뽑아주지 않고 엄마를 따라 훌쩍이는 척을 한다. 정확히 초등학생 때, 내 짝꿍이 이렇게 날 놀린 적이 있었는데 아빠는 엄마 앞에서 가끔 초딩이 되었다.

휴지 가까이에 있는 아빠 대신 내가 휴지를 뽑아 엄마를 가져다주면 엄마는 그 휴지가 축축해서 너덜해질 때까지 눈물을 흘린다. 아빠는 울어야 하는 장면에서 크게 웃음으로서 가장이 얼마나 강인한지를 보여주려는 듯 알 수 없는 권위의식을 가지고 있었다.

우리 가족 모두가 가장 슬프게 봤던 드라마 〈장밋빛 인생〉의 마지막회를 보면서 엄마는 당연하고 눈물이 잘 없는 나까지도 눈물이 그렁그렁한 찰나에, 아빠도 아내를 떠나보내는 이 장면에서 과연 크게 웃을 수 있을지 궁금해서 뒤돌아 아빠를 보았다.

딱! 걸렸다. 순간이었지만 눈물이 흘러내리기 직전에 아빠가 손가락으로 슬쩍 닦아내는 모습을 찰나에 포착했다. 나는 이 핫이슈를 놓치지 않고 바로 눈이 퉁퉁 부은 엄마에게 이 사실을 알렸다.

- 엄마! 아빠 방금 울었는데 눈물 닦았어!
- 내가 언제? 재미도 없는데 뉴스나 보자!
- 아이고, 남자가 울 수도 있지. 아닌 척을 왜 해? 그게 더 찌질한 거야.

주말 저녁에는 엄마와 아빠의 시대가 저물고 세 자매의 예능 시대가 열린다. 〈무한도전〉만 방영하는 토요일은 그나마 무난하게 지나갔다. 엄마도 옆에서 〈무한도전〉을 보며 잇몸이 쏟아질 듯이 웃어놓고 끝에는 꼭 재미없었던 것처럼 늘 말했다.

- 지겨워 죽을 뻔했네. 이게 재밌니?
- 실컷 웃어놓고 왜 그래?

일요일 저녁은 〈패밀리가 떴다〉와 〈1박 2일〉로 나뉘었다. 서열 꼴등이자 나약한 막내만 유일한 〈패밀리가 떴다〉 편이라 안방에서 점묘법 화질의 텔레비전으로 방송을 즐겨야 했다. 사실 혼자 보는 편이 더 편안하고 행복했다. 큰언니와 함께 예능을 보면 한쪽 등이 아렸다. 언니는 절대 혼자 즐거운 법이 없다. 반드시 옆 사람과 함께 즐거워야 하는 공동체 정신이 투철했다. 조금이라도 웃긴 장면이 나오면 그렇게 옆 사람을 강스파이크로 때렸다. 곧장 맞는 느낌으로 방송을 보고 있으면 남아 있는 등이 없었다.

아빠는 그런 재미있는 장면이 나오기 직전 우리 모두가 몰두해 있으면 장난으로 텔레비전을 껐다. 새카만 화면을 보자마자 의심할 필요도 없이 모두가 아빠를 째려봤다. 흐름이 끊김에 굉장히 짜증이 난 세 자매는 장군이 되어 아빠를 응징했다. 일요일의 마지막 유종의 미를 거두는 느낌으로 다같이 〈개그콘서트〉까지 시청하면 길었던 일주일이 마무리됐다.

가끔 SNS에서 2010년대 예능을 짜깁기 한 영상을 자주 본다. 당시의 예능 자체도 재밌었지만 가족들과 텔레비전 앞에 앉아서 예능을 즐길 수 있는 기회가 잘 없는 요즘은 그때의 분위기가 그리워 옛날 예능을 즐겨본다. 혼자 예능을 보다가 크게 웃기가 그렇게 무안할 수가 없다.

탈모와의 전쟁을
선포한다

자취 생활을 한마디로 정리하자면 머리카락과
의 전쟁이다.

자취방에서 하루도 빼놓지 않고 하는 일이 있
다면 바로 청소기를 돌리는 일이다. 열심히 돌리
고 청소기를 제자리에 두면 또 어디서 나왔는지
바닥에 머리카락이 또 뒹굴고 있다. 집에 한없이
머리카락을 뿌리는 요정이라도 있는지 치워도
치워도 끝이 없다.

자취방에 친구들이 놀러오면 정갈하게 정리
된 상태를 보며 감탄하다가도 바닥에 떨어져 있

는 머리카락을 보고 더 놀랜다. 친구들에게 머리카락이 너무 많이 떨어져 고민이라고 하면 이렇게 시도 때도 없이 빠지는데 아직 두피에 붙어 있는 머리카락이 저렇게 많다는 건, 나이 들어도 머리숱 걱정은 없겠다는 초긍정적인 위로의 말을 건넸다. 친구들의 꽤 논리적인 위로에도 탈모로부터 자유로울 수 없고 방심할 수 없는 이유는 바로 유전 때문이다.

내가 초등학생 때, 가장 좋아했던 노래가 〈오락실〉이었다. 노래 중에 오락실에서 마주친 아빠를 대머리 아저씨라고 하는 소절을 집에서 크게 부르며 아빠를 놀렸다. 아빠는 미동도 없이 막내딸의 놀림을 겸허히 받아들였다.

아빠의 따뜻하게 덮여 있던 두피가 황무지로 변해버린 건, 내가 태어나기도 전 집안 사정이 기울기 시작하면서부터였다. 엄마가 말하길 아빠 당시에 툭! 건들면 가시가 나올 것처럼 극단적으로 예민했다. 보증, 사기, 빨간딱지. 이렇게 3가지가 내가 아는 그 당시 상황의 전부지만 군이 장황한 설명을 듣지 않아도 충분히 숨 막히는 스토리를 예상할 수 있었다.

아빠가 문제를 처리하기 위해 변호사를 찾아갔던 녹취물을 들은 적이 있다. 대화 내용보다는 격앙되어 쇳소리가 섞인 아빠의 목소리가 충격적으로 기억에 남아 있다. 상황을 다 정리하고 남은 건, 두피가 반쯤 벗겨진 대머리 아저씨였다. 나의 놀림을 아빠가 겸허히 받아들일 수 있다는 의미는 어쩌면 턱 끝까지 쫓아오는 상황으로부터 벗어났다는 여유일지도 모르겠다.

가장으로서 수습하기 위해 노력했다는 표창이자 반대로 오랜 콤플렉스인 탈모에서 벗어나기 위해 아빠는 시도하지 않은 방법이 없다. 탈모에 좋다는 약은 모조리 다 써보고 아침마다 빗으로 두피를 통통 두드리는 마사지도 해보았지만 무용지물이었다. 온갖 민간요법을 포기하고 아빠는 결국 최후의 수단으로 모발 심기를 결심했다. 모발 심기의 가격을 알아보던 아빠는 장난 반 진심반으로 20살이었던 나에게 전화로 농담의 탈을 쓴 진심을 전했다.

- 여보세요. 은심이니? 아빠 머리가 듬성하잖아. 그래서 모발
  심기를 해야 될 것 같은데, 돈이 없네. 은심이가 보태주면 참
  좋을 것 같은데?
- 엥? 아빠 20살이 무슨 돈이 있어. 끊어.

아빠는 효도를 거부하는 딸에 아랑곳하지 않고 본인의 지갑을 열었다. 집에 내려갔던 주말, 아빠는 머리에 붕대를 감고 몸저 누운 채로 날 반겼다. 모발이 비교적 풍성한 뒤통수의 두피

를 당겨 쓴 만큼 두통과 진통이 어마 무시했다고 한다. 풍성한 머리카락을 손으로 쓸어 넘기는 훗날을 생각하며 아빠는 극한의 고통을 참아냈다. 건강도 아닌 오로지 미용을 위해 머리에 손을 얹은 채, 끙끙 앓으며 누워 있는 아빠가 난 귀여워 웃었다.

아픈 와중에도 가끔 일어나 거울로 붕대 속을 들여다보는 아빠가 아직도 눈에 선하다. 하지만 원하는 건, 쉽게 얻어지지 않는 법. 시술 부위가 아물고 시간이 꽤 지나도 머리카락이 아빠의 두피 모두를 덮지는 못했다. 일부를 덮긴 했지만 시스루 뱅을 연상케 했다.

아빠가 표현을 안 해서 그렇지 실망을 많이 했을 것이다. 마치 나의 복코를 줄일 최후의 수단으로 콧볼 보톡스를 맞았지만 소용없을 때처럼 말이다. 기대치와 달리 여전한 외모를 바라보는 그 실망감을 잘 알기에 마냥 남 일처럼 아빠의 시술 결과를 웃을 수만은 없었다. 아빠에게 아예 대머리는 어떠냐고 권했지만 날카롭고 살기 가득한 눈빛만 돌아올 뿐이었다.

만족스럽진 않지만 아빠는 자동차에 꼬리빗을 넣고 다니며 틈이 날 때마다 백미러를 보며 가냘픈 앞머리를 빗곤 한다. 뿐만 아니라 뒷머리는 시원하게 자르면서 몇 가닥 없는 앞머리는 귀 뒤로 넘어갈 정도로 길었음에도 커트도 마다한다. 그런 아빠가 귀여우면서도 혹시 그 유전이 모발이 건강한 큰언니와 작은언니를 선녀 내가 되시는 않을까 심히 긱징된다. 이젠 아빠도 나의 이런 걱정을 간파한 듯하다. 대머리 아저씨라고 놀리면 아빠는 타격감이 전혀 없는 얼굴에 여유로운 미소를 띤 채, 나를 바라본다.

'과연 너라고 다를까?'

에필로그

'하늘은 내 편인데 내가 내 편이 아니다'라는 생각이 많이 든 첫 출간이었습니다. 이런 제의가 들어오기가 쉽지 않음에도 불구하고 집중력이 여전히 최악이라 스스로가 원망스러웠습니다. 글쓰기에 생각보다 재능이 없는 걸, 세상 사람들이 알아내면 어떡하나 걱정했습니다. 근데 처음부터 너무 잘 써도 문제라 생각하며 던져지는 돌을 겸허히 맞기로 했습니다.

후반에 갈수록 힘을 쭉쭉 뺀 꾸며내지 않은 문장들과 자주 쓰던 농담들을 섞어 썼습니다. 어떤 독자분들이 읽기에는 헬륨같이 가볍게 날아다니는 문장이 당황스러우실 수 있습니다. 혼날 구석이 많은 책인 건 분명합니다. 혼나더라도 다시 하라면 또 하고 싶습니다. 그만큼 이 경험이 값졌습니다. 책을 쓰면서 주위 친구들로부터 예전보다 성장한 거 같다는 말을 자주 들었습니다. 아무래도 내가 어떤 사람인지를 천천히 깨닫는 과정이라 마음의 키가 더 컸을 것입니다. 인생을 해시태그로 말하라면 처음으로 대답할 기회였습니다.

#지은심 #작가 #글쓰기

엄마는 엄마대로
행복했으면 좋겠어

초판 1쇄 인쇄일	2022년 01월 25일
초판 1쇄 발행일	2022년 02월 04일

지은이	지은심
발행인	이지연
주간	이미숙
책임편집	이정원
책임디자인	이경진
	권지은
책임마케팅	이운섭
경영지원	이지연

발행처	㈜홍익출판미디어그룹
출판등록번호	제 2020-000332 호
출판등록	2020년 12월 07일
주소	서울시 마포구 독막로18길 12, 2층(상수동)
대표전화	02-323-0421
팩스	02-337-0569
메일	editor@hongikbooks.com

제작처	갑우문화사

ISBN   979-11-9142-067-8 (03810)